法官工作照（一），摄于2016年春

法官工作照（二），摄于2016年春

草间独角兽

泥泞芬芳的足迹

徐根才 —— 著

知识产权出版社
全国百佳图书出版单位
—北京—

图书在版编目（CIP）数据

草间独角兽：泥泞芬芳的足迹／徐根才著．—北京：知识产权出版社，2024.7（2025.8重印）

ISBN 978-7-5130-9155-8

Ⅰ．①草… Ⅱ．①徐… Ⅲ．①随笔—作品集—中国—当代 Ⅳ．①I267.1

中国国家版本馆 CIP 数据核字（2024）第 025745 号

责任编辑：刘　雪	责任校对：谷　洋
封面设计：杰意飞扬·张悦	责任印制：刘译文

草间独角兽
——泥泞芬芳的足迹

徐根才　著

出版发行：知识产权出版社有限责任公司	网　　址：http://www.ipph.cn
社　　址：北京市海淀区气象路 50 号院	邮　　编：100081
责编电话：010-82000860 转 8112	责编邮箱：jsql2009@163.com
发行电话：010-82000860 转 8101/8102	发行传真：010-82000893/82005070/82000270
印　　刷：天津嘉恒印务有限公司	经　　销：新华书店、各大网上书店及相关专业书店
开　　本：720mm×1000mm 1/16	印　　张：17
版　　次：2024 年 7 月第 1 版	印　　次：2025 年 8 月第 2 次印刷
字　　数：230 千字	定　　价：68.00 元
ISBN 978-7-5130-9155-8	

出版权专有　侵权必究
如有印装质量问题，本社负责调换。

PREFACE / 自序

我工作近四十年，四分之三的时间都在法院，而且是一直在基层人民法院，可以说我是一名扎根在基层多年的法官。以我深耕基层的视角，来叙述新中国法治建设的经历，谈谈我看到的那一小片天，也是别有趣味的。万里无云万里天，毕竟天可以分块观看，由局部放大到整体，以此小中见大。

几十年的法官经历，让我悟到：我国法院虽分四级，但公正审判是没有高低之分的，其裁判依据都是中华人民共和国的法律。因此，何陋之有？想到这些，我就有底气写作此书了。

法院审判工作是有严格程序的，法官的成长其实也是按程序的，犹如植物顺应季节的规律生长。因此，我将按照书记员—助理审判员—审判员—副庭长—庭长—副院长的顺序来叙述，刻画基层法官的艰难、坚守和韧性。这群默默无闻的基层法官，审结了四级法院总数百分之八十的案件。他们像蜜蜂般辛勤劳动，酿出甜美的法治之蜜，奉献给人民群众。他们日复一日地为法治大厦添砖加瓦，永远脚踏泥土，只能瞭望塔尖，不时仰望灿烂的星空。他们在泥土里耕耘、播种，以他们的汗水浇灌出法治的芬芳；他们在坚实大地上担当、创新，以不屈的精神为大众维护正义。他们不懈地坚持，每当俯看脚下、仰望星空时，就会产生前行的力量。

他们享受着工作的充实、生活的快乐，吞咽了艰辛，品味着基层法官的酸甜苦辣，唱着"工作是美丽的"的歌，无怨无悔直到退休。

大树成长，小树、小草也成长。但一般人只关注成材的大树，因为大树引人注目；然而，养眼的还有那成片的绿——小树、小草组成的森林、草原。我写的就是那万千绿中的一棵小树，最终深根茂枝长成绿荫的过程，给他人成长以借鉴和启发。基层法官看了感同身受；高级法官看后对基层法官的工作有更深的领悟；法律共同体看了减少隔膜；人民群众看后，也能知道法官职业的不容易。公正是每个人的正当需求，一个理性社会需要彼此多交流。作为一名基层法官，我将以法为刃，镌刻社会正义之美！如此而已，写作此书正是基于此目的。

是为序。

江山　徐根才

2022 年 11 月

CONTENTS / 目录

第1章　进法院　　001

1. 时光回溯　//003
2. 高考改变命运　//007
3. 纯朴地踏入社会　//010
4. 想做企业家却成了法律人　//013
5. 角色转换的感受　//015

第2章　书记员　　019

6. 对法庭的初印象　//021
7. 书记员是文字录像者　//023
8. 从书记员视角看问题　//025
9. 书记员是法院的一员　//029

第3章　助理审判员　　031

10. 办公室工作很重要　//033
11. 繁杂中找到主线　//035

12. 进取善思之道　// 037
13. 领导身边忌安逸　// 040

第 4 章　贺村人民法庭副庭长　　　　　　　　043

14. 见龙在田　// 045
15. 正职、副职的碰撞　// 047
16. 夜晚面对自己好修行　// 049
17. 包容反对你的人　// 051

第 5 章　淤头人民法庭主持工作　　　　　　　053

18. 花丛中找到那一朵　// 055
19. 事不增繁要化简　// 057
20. 结案思考真目的　// 060
21. 廉洁要防被污名　// 063

第 6 章　贺村人民法庭庭长　　　　　　　　　065

22. "鹅之诉"的反思　// 067
23. 用群众语言讲法律　// 070
24. 人民法庭的定位　// 072
25. 人民法庭最锻炼人　// 074

第 7 章　民事审判第一庭庭长　　077

26. 难案是心里犯难了　//079

27. 司法被动中见能动　//083

28. 形式慈悲会损害正义　//086

29. 民事主体平等要落地　//090

30. 通过考试进法院班子　//093

第 8 章　纪检组长兼执行局局长　　095

31. 厚德载物成就人　//97

32. 善于处理事而不是处理人　//100

33. 主动面对就少了被动应对　//102

34. 执行局局长开新局　//105

35. 执行局局长是解决问题的　//107

第 9 章　分管执行的副院长　　111

36. 执行是兑现正义　//113

37. 制度作为撬动工作的杠杆　//116

38. 法律力量需要正气发动　//119

39. 执行要对历史负责　//122

40. 高站位才能望得远　//125

41. 执行有危险　//129

42. 执行既温情也冰冷　//132

43. 法警工作不得疏忽 //136

44. 立案工作不是收快递 //138

45. 有明确的被告 //140

46. 信访工作用的是真心 //142

47. 信访工作用的是真情 //144

第 10 章 分管民商事的副院长 147

48. 未曾动笔的执行之书 //149

49. 突如其来的破产案件 //151

50. 创设府院联动机制 //153

51. 别有所悟 风格依旧 //156

52. 破产审判的苦与乐 //158

53. 破出一片新天地 //161

54. 基层法官要全面也要精一 //165

55. 信服判决的是人心 //167

56. 民事审判要关心人 //171

57. 民事法官要真善仁慈 //174

第 11 章 审判委员会委员 177

58. 要有坚守法律的底气 //179

59. 实践中空白问题的应对 //181

60. 不能空转程序迟延正义 //184

61. 相信接地气的朴素正义 //187

第12章　退休前法官的工作　　191

62. 退出现职领导岗位　// 193

63. 早做心理准备的安稳　// 195

64. 绝不恋栈　爱岗敬业　// 197

65. 工作的总结整理　// 199

66. 学习没有退休年龄　// 201

67. 能完成的事不留遗憾　// 203

68. 给同事们的一封信　// 205

第13章　法律人生的感悟　　207

69. 感悟的缘起（序）　// 209

70. 2006年感悟（001~018）　// 210

71. 2007年感悟（019~041）　// 215

72. 2008年感悟（042~048）　// 221

73. 2009年感悟（049~060）　// 223

74. 2010年感悟（061~072）　// 226

75. 2011年感悟（073~081）　// 230

76. 2012年感悟（082~090）　// 233

77. 2013年感悟（091~108）　// 236

78. 2014年感悟（109~132）　// 240

79. 2015年感悟（133~140）　// 245

80. 2016年感悟（141~149）　// 247

81. 2017年感悟（150~155）　// 249

82. 2018 年感悟（156~159） // 251

83. 2019 年感悟（160~161） // 253

84. 2020 年感悟（162~175） // 254

后　记　　　　　　　　　　　　　　　　　　　　258

第 1 章
进 法 院

1. 时光回溯

　　1994年12月初，全国人民法院补员，我被选调进浙江省江山市人民法院。此时距离我1983年8月参加工作，已有11个年头。2022年2月底我正式退休，在人民法院工作满打满算也只有28年，凑不足30年。不然，可以收到一枚"天平奖章"。然而，这并不影响我作为一名法院人、法律人、法官的骄傲！

　　要想收获成功的人生就要从小立志，书上都这么写的。可是，我发现人生就如流水，源起哪里都是一股水，所流的方向基本是随流域地势而定的；生命之舟在水上漂行，是靠自己掌舵的。如果有命运的安排，那么，水流是命，舵是运。舟行水流，流域决定是否顺风顺水；舵把方向，决定如何进入那条可以进的航道。命和运，其实是互动推进的关系。逝者如斯夫！最终流向什么样的河道，那是白首回头或者后人才能看得清的。前行中能够一路欣赏沿途风景，退休后还有余暇细细回味，于我看来，这就是最为美好、最当自足的幸福人生了。余者又有何求？

　　我读初中是在坛石中学，离家3公里，是在学校寄宿的。教音乐的是位身材娇小、长得很好看的老师，她显然镇不住顽皮的学生，好几次都因为课堂上有学生捣乱而伤心地哭了。化学老师上课教读化学元素"H"时，因其唇裂，说话漏风，学生就哄堂大笑。后来我们才知道这是一种生理缺陷——兔唇，不该嘲笑的。物理老师原是清华大学的助教，他用煤油炉做饭时，先称量米和水，然后根据能量守恒定律计算出所需的煤油，为了防止热量损耗还专门把煤油炉挂在半空中。煤油燃尽时，饭正好熟。英语老师原是个外事翻译官，知识水平都很高。无奈那时候我们的口头禅都是："不学数理化，只要有个好爸爸。""不学A、B、C，照样干革命。"所以老师空有一身知识无处施展。上课时，学生想听就听，不想听就不听，老师也无计可施。因为是在校住宿，对于没有课外作业的学生来说时间总是充裕的。我不太喜欢体育活动，就爱看小说，不仅课余看，上课也总是捧着书在课桌下偷看。以现在的标准来看，那时的学校图书室是不大的，还没有现在我家书房的书多，但在那个年代特别是对一个初中生来说，算是书的海洋了。名著大多归类，现代革命小说等应有尽有。我看完频繁去换借，是看不完的。《史记》是有的，借来看过，但不适合我当时那个年龄段，看不进去。有一段时间，我对龙特别感兴趣，这神奇的东西到底有没有真实存在？就想知道个究竟。但其实，看的是有关恐龙的书，根本不是同类东西，甚至毫无关联。于是，龙在少年的我的心中就成了谜。还有一本让我入迷的书是《西汉故事》，是从舅舅那里拿来的，因书破旧发黄，被语文老师发现收去，检查过才发还。看书的时候心里想着张良的运气真好，如果我也能得到黄石老人所给的书，我也愿意下桥去给老人拾鞋。哪怕起得更早、一夜不睡，我也会等在桥头。

　　年少的我，心里藏着一个文学梦。觉得鲁迅、郭沫若文学水平那么高，都是从前学医的，《老残游记》的作者刘鹗，也是懂医的。于是认为，要想成为一个文学家，就得先学医。并推想看病可能要对病人问这问那，这样就能观察人，能知道好多事情。当时，我认为能有套李时珍的《本草纲目》是最幸福的事，可学校图书馆中没有。买是不可能的，口袋里没钱，就是有钱也不知道什么地方能买到。但我心中却对此书一直念念不忘，只觉得有了它，学好了，就能治病救人，就可以像刘鹗那样去行医周游世界，多长见闻，见闻一多也就自然能写书了。那时做个文学家的梦，比现在做大明星、大老板的梦还生香。

年轻时有的多是幻想，只有经过时间考验后的才是理想。无怨无悔追求一生的是梦想。人是要有梦想的。

拥有一套《本草纲目》这个小小的愿望，在我工作几年以后就实现了，并且我还买到了很好的版本，除此之外，我还买了《黄帝内经》《难经》《伤寒论》《金匮要略》等经典古医籍。但愿望实现后，也只是拥有了将其放置在书架上的满足。人生也许就是这样吧，未得到时如初恋般的痴恋，时过境迁后感觉就会变淡。然而，这并不妨碍我偶尔翻看，也让我增加了不少中医养生方面的知识。好书总是于人有益的，有了医学书就如有了医生朋友。

两年的初中时光，我几乎都是沉浸在小说中度过的。毕业时唯一的收获，也只有几本日记。日记本上抄的是各种各样的"名言佳句"和满脑子的胡思乱想。然而，由此养成了我嗜书如命的习惯和书生情怀。

1976年上半年初中毕业后，我被推荐上了高中。

那个年代，家里的兄弟姐妹中只有一人有念高中的机会，其他人初中毕业就算完成学业了。因为我是家中的长子，才有了上高中的机会。自小学至初中毕业，父母因为不识字，只是劝诫我："要好好读书，瞎眼的老虎是很可怜的。"可能是诉说他们那一代人不识字的悲哀吧。至于读书为了什么，似乎老师、家长都不曾明确告知过。没有家庭作业，没有课外辅导，对于那时的我们来说，上学就是背个书包到学校，坐在教室里不用采猪菜、割草罢了。那时，学《新三字经》《新神童诗》，后面还附有旧的版本以供批判。但我觉得"天子重英豪，文章教尔曹"比"儒家《神童诗》，骗人鬼把戏"读来更有些道理。于是，我把这几页印着"反动内容"的纸撕下，偷偷背诵。

在高中第一个学期的9月9日那天，学校的大喇叭突然通知下午4时，全校师生到广场集合收听广播。在那闭塞的乡下校园，谁也不知道发生了什么大事，只是一排排地站立着，等待下午4时的到来。随着哀乐响起，中央人民广播电台以万分悲痛的心情宣布，我们敬爱的伟大领袖毛泽东主席逝世了。我同许多老师和同学一样都情不自禁地哭了，似有天塌下来不知道该怎么办的感觉，一时也开始担忧起未来。其实，那时的我对未来并没有清晰的规划，有的也只是一些幻想罢了。

那时候高一有农机这门课，相当于现在的物理课。第一学期是学拖拉机的相关知识，我讨厌这种冒着黑烟还发出"突突"刺耳声的，所以对这门课程提不起一点兴趣，反而看课外书看得津津有味，致使之后的物理课也完全学不好了。

那会儿的日子就像冬日的暖阳，冷中也有点暖，不致令人绝望。老师的地位从像父亲一样的存在跌落到放牧者，如疲惫的牧羊人般蜷缩在荒地一角，注视着贫瘠土地上没什么草食的羊群。其实，这是一群多么值得尊敬的老师，一群多么刻苦且富有理想激情的一代人呀！后来的历史证实了这一点。

2. 高考改变命运

时间很快到了1977年年底，此时我的文学梦已经醒了，因为传来了国家恢复高考的消息，从此上大学的梦在我心中生根发芽。对当时的农村孩子来说：上大学决定了将来是"穿皮鞋还是穿草鞋"，可以说高考是决定命运的大事。因为在这之前，城镇户口的中学毕业生会安排工作；农村户口的就只能回到农村，除此之外还可以参军、被推荐上大学，但一般人得不到这个机会。恢复高考使阳光有了色彩，老师们打起了精神，学生们也真像学生的样子了。至今思来，命运对我是眷顾的，在青春花蕾即将绽放之时，迎来了风和日丽，结束了暴风骤雨。

当时的高中是两年制，在我知道要好好读书时，高中就只剩下最后一个学期了。在某一天的某一刻，我突然与屈原《九章·惜诵》中的诗句"欲释阶而登天兮，犹有曩之态也"产生了共鸣。此前从未有过的震动和慌张，心中出现了一个声音，以不可抗拒的语气命令我："停止看小说。为了以后能读更多的书，必须先考上大学！"

我必须考上大学！这是目前我的人生中最急需的"阶梯"。失去这一"阶梯"，我就会变成有"向"无"志"的不能前行者，就会坠落黑暗深渊。如芒在背的紧迫感挤压而来，为高考而用功读书的战斗从这一刻全面打响了。文科是我的长项，为了知识能够更加扎实，我利用如厕的时间背完了《新华字典》《成语小字典》，不论是语法书还是语文课本，都找来读。只要是语文考试，九十分以上对我来说不是难事；数学我高一年级是课代表。

高中最后一个学期,学校将成绩好的学生编成一个班,也就是所谓的"尖子班",集结本校最好的任课老师为高考冲刺,我也被编入这个班中。物理、化学、数学科目都要换教材(教材也只有老师有),只能重新开始学,从初一补到高二。几乎一周讲完一册教材,强度非常大。但是欠的总要偿还,被耽误的要补回来。那时的高考被认为是"千军万马过独木桥",那一年我的高考总分距录取分数线差了十四分,从桥中被挤下水了。情理之中,意料之外。如果高考就只考语文、政治、数学、化学这四门课,那对我来说考上大学绝对没问题。但问题是偏还要考物理,这就要了我的命了,物理我经常只能考三四十分。物理好的人能考满分,可语文再好能考九十分以上就算是高分了,何况当时录取率还不到千分之五,一分就能越过千名考生。

高中毕业后,农民的儿子就得回乡务农。那时家乡正在兴修水利,为了从峡口水库引水灌溉,江山县开挖东、西干渠。人们用肩挑石头筑渠,每担石头要通过称重量来计酬劳,因为有文化,所以我的工作是记录每担的重量,最后汇总出每个人一天的酬劳总和。记得到了种冬小麦的时节,学校开办了高考复读班,老师通知我去复习,安排我在中专复习班。可我想进入大专文科复习班。找老师商量了几次,最后一次老师问:"万一没有考上,你的家庭能负担你继续复读吗?"在我沉默时,他语重心长地说道:"不管什么专,考上就好。"想想也没什么不对的,那时,身处农村的父母能养活我和四个妹妹已经很不容易了,所以我就听了老师的话。

那时候复习的资料是稀缺的,一旦得知复习用书到货,要买书就要半夜到县城新华书店排队,还不一定能买到。家庭条件差的学生,除了老师发的钢板刻印的资料以外,只好错时向同学借复习用书,然后用手抄重点部分。白纸是很难买到的,文具百货柜台出售的都是那种粗糙的黄褐色横条纹的纸。复习的条件是异常艰苦的,教室晚上九点半熄灯。熄灯后,我们就用柴油灯照明继续学习到晚上十二点以后。这里需要说明一下，之所以点柴油灯，是因为柴油比煤油便宜，同学们合起来购一壶柴油，然后把用完的墨水瓶（那时都用钢笔，墨水是保证钢笔能够正常出水的一个重要条件），在盖子上用小刀钻个孔，把写过字的大楷纸卷起来作为灯芯。一个教室几十个墨水瓶的上面都飘着一道细细的黑烟，没有人在乎第二天早上擤出的鼻涕都是黑色的。天刚泛起鱼肚白，起得早的同学已经开始学习了。我也已经到学校操场边的山坡上背书、背题了。因为脑海中只有一个念头——"考上"。

　　人一旦锚定目标，其内心激发出的强大动力是不可低估的。尽管那一年全县上线中专的学生很少，但我还是考上了。可以填六个志愿，因为医学专业对视力的要求高，我有点近视，所以第一志愿我填了浙江省台州供销学校，其他五个志愿都填的是医学专业，最后我被第一志愿录取了。我成为恢复高考后，全村第二个考上中专的人。那时考上中专也是很稀罕的，村里有考上大学的，是后来几年的事了。

3. 纯朴地踏入社会

1983年夏天我中专毕业了,那时的中专毕业生是包分配的。学校征求学生本人的意愿,省、地、县都有些指标,最后我们班里分配到省会城市工作的学生就有六名。那时我哪里有到省会城市发展的远见,农村出身的学生大都单纯地认为回老家县城工作就是最好的,所以我说想回老家县城。这样,就被分配到了当时的江山县土特产公司,那在当时是县城八大商业公司之一。在计划经济年代又是改革开放的初期,可以说是很好的工作了。既有企业干部的身份,又比机关干部吃香些。当时中专毕业也算是知识分子了,因此,我在公司是受到器重的。从那时候起我就开始做公司的业务员,外出推销、采购,洽谈、签订商业合同。

这样,我虽不像《老残游记》的作者那样行医游走,倒也是全国各地到处走,出差时间最长的一次达四十多天,跑了四个省三十多个县、市,十年间几乎跑了全国三分之二多的省、市、县,领略了各地的名胜。那时的供销员倡导的是"四千精神",即千山万水、千辛万苦、千言万语、千方百计。但那时的我不觉其苦,却自得其乐。起初是每到一地便拍照留念,之后发觉那太没意义。于是每到一地,新华书店总是要进去一趟的,用出差补贴购我喜爱的书籍。之前假期在校勤工俭学赚得的六十多元钱,也几乎都用来买书了,十多年累积下来,我拥有的书籍数量就相当庞大了。那些东奔西走联系、洽谈业务的时光,在旅馆,在车上,书一直陪伴着我,在开阔我的眼界的同时,也开阔了我的胸襟。

阅读过无数名著，但真正改变我生活轨迹的是一本名为《哈默传记》的书。那时已是我工作几年后了，那本书还是从图书馆借的，读过之后我心中有了一个"做一名懂法律的企业家"的梦。因此，虽然那时我已经参加了"商业企业管理"专科自学考试，且专业课程都通过了一大半，但我还是毅然决定再次参加"法律专业"自学考试。1991年，我取得了杭州大学和浙江省高等教育自学考试法律专科文凭。同年，获得助理经济师专业技术职务任职资格。

生意往来中，总会有几笔货款经催收、协商依旧无果的。公司以前对于这种情况总是束手无策。后来，我开始通过诉讼为公司追收货款，并且都打赢了官司，收回了货款。印象最深的一个案件，是我陪同法院执行人员去执行，赶到当地已是中午了，我找到被执行单位的负责人。他先是招待我们吃了饭，然后，叫来搬运工把抵作货款的原料装上车，挥手送我们出了大门。回来路上，执行人员对我说："没想到你们关系处得那么好，今天的执行是最顺利的一次了。"赢了官司，而且能顺利地执行，虽然货款是用原材料抵的，但是出售后还是能产生利润的。这样一来，我在行业内也就有了点小名气。一次上级主管部门供销社联合社，涉及一起作为被告的诉讼案件，已经有了代理律师，但中途供销社联合社主任还是点名要我来代理。

那个案件供销社联合社作为其所属企业的发包方，原告是以职工身份承包该企业。三年承包期结束，企业经营效益很好，原告收入和职工的工资相比，简直可以用"使人眼红"来形容。但是最后结算报酬时，双方对承包合同的字字句句逐一解读。其中一条合同条款为"承包者报酬为职工工资的×倍"，这里的"的"字是否包含本数？是与不是将导致最后的结算报酬相差数十万元之多。这在当时可是一个大数目。关于"的"字到底应当如何理解，承包方与发包方各执一词，最后承包人将供销社联合社作为被告向人民法院提起了诉讼。

我那时年轻，既然上级领导对我委以重任，那我就要尽最大努力打赢官司。为此，我做了充分的准备。就报酬的计算，我借助供销社联合社财务股的专业力量，准备了"进"和"退"两套方案；就"的"字条款的解释，我阅读了《汉语大字典》以及著名语法学家吕淑湘、张志公等人的经典著作，并结合当时国家的承包政策、法律，阐释了本合同条款的真正含义。而对方的代理人是不可能花费如此多的时间，进行充分的诉讼准备的。我为了证明"的"字解释的准确性，还专门到新华书店自掏腰包购买了《汉语大字典》缩印本。

最终案件判决结果，作为被告的供销社联合社赢得了这场诉讼。我的辩论发言条理是清晰的，论证也是有理有据。至今我还记得对方律师在辩论结束时说的话："无论对方代理人语文水平多高，数学才能多好，事实胜于雄辩！"对方律师是当地有名的律师。我的原则是庭上是对手，庭下是朋友，结束时习惯和对方握个手。但是他拒绝握手，拎包就走了。现在想来，"的"条款的解释是不是"公"应当略倾斜于"私"呢？当时，我并没有考虑到利益衡平、双方公平，也没有在当时的社会大背景下考虑公正。是不是可以不那么机械地得理不让人，而是根据承包期间的企业经济效益，适当折中，增加些企业承包者的报酬呢。我现在想来，这或许是好的调解主意。得理不让人、一味争赢，其实不是最好的律师，而且之后往往会加重心中的愧疚感。从中也可以发现，律师和法官这两个职业，法官更适合我。

4. 想做企业家却成了法律人

我在阅读松下幸之助、盛田昭夫等日本管理大师的著作时，做着企业家的美梦；与此同时也开始准备参加全国律师资格考试，做着法律人的梦。

那时我的理想是拥有一家自己的企业，并有一家律师事务所。改革春风在中国大地上拂动，我眼前繁花渐开的局面，如水面投石泛起的涟漪。有些地方的企业已开始改制了，那时我所在的公司为了加强竞争力，将原本的公司分立为几个公司，我已从土产经营业务科科长升至土产公司经理了。业务做得风生水起，1991年开始，江山市人民政府决定每年都评选"十佳优秀供销员"，我连续两年都被评上，第三年我所带的团队被评为"优秀供销集体"。市政府评了三年，我连续三年都在名单中。1992年，我被推荐为江山市第五届政协委员。

经营企业十年，通过不断拓展，我拥有了丰富的业务客源，也有了良好的管理企业的经验。此时拥有一家属于自己的企业似乎是万事俱备，只欠改制落地的东风了。一起合伙成立一家律师事务所的人选也有了，我的三个中学同学加一个中专校友，三个人参加律师资格考试，另外一个参加注册会计师考试。我们互相鼓励，最后都通过了考试，但后来都没有实际用到这些资格证书。

成立一家律师事务所的念头刚刚萌芽，就被1994年下半年的全国法院补员考试收割了。有个在法院工作的朋友对我说："《法官法》就要颁布了，你喜欢法律，就来法院吧，这里适合你。"我的岳父也坚决认为这是铁饭碗，让我一定去考。机缘巧合，周围人的劝说加上我对法律的爱好，在截止报名的最后一天下午，我去报名了。

考试成绩出来了，我在入围的名单内，因我不是特别期待，也就没有了惊喜，选上选不上似乎不是我太关心的事。最后经过体检、面试、政审，过五关斩六将，我被选调进江山市人民法院。"选调"是因为我本来就是干部身份，"考录"是非干部身份。

面试时还发生了一件有趣的事。笔试第一名的那位同志，在面试时显得非常紧张，身体不停地抖动。其中有一道面试题："假如你是法院院长，你会如何主持年终表彰会？"那人回答说："我当不了院长。""是假如"，考官提醒他。他还是说："我当不到院长。"我毕竟见过了一些世面，面对一排评委并不紧张，回答得比较自如。因而面试的成绩出来，我的总名次就排到前面去了。

法院要人，供销联社主任要留人。当时中级人民法院（简称中院）院长也曾在供销联社工作过，于是，主任请来中院院长、江山市人民法院的院长，叫上我，摆了一桌酒，目的是留我。席间，主任说我是供销系统的人才，公司不能没有我；二千多名职工里也就我一个政协委员，政治待遇有；而且马上就可以任命我为公司总经理。但这时，我已决定要去法院。中院院长就说道："人家想来，你就让他来。"他担任中院院长之前，是江山县人民政府县长，他的话也就一锤定音了，主任原本是想通过中院院长让我留在供销系统，没想到中院院长也支持我去法院。

人生之路，志向是指引每个人前进的灯塔。但在漫漫征途中，你不可能提前知道转角处在哪里。你所能确定的只能是人生大方向，前行是时势造就的道，无力改变道。

我十一年的"经商"生涯，到1994年12月结束了，我去江山市人民法院上班了。

5. 角色转换的感受

"诚信经营、互惠互利、公私分明、公事私谊。"是我这些年来总结的经商之道。十一年的经商智慧，也就得出这么十六个字。

改革开放初期，做生意被骗是常有的事。我在十多年的经商过程中没有被骗过，也不曾骗过别人。我通过电话、电报和东西南北的购销客户进行生意往来：汇款、发货、发货、汇款，从未有过差池。经手业务十年，发生的诉讼总共只有四起。对待生意伙伴，坦诚合作，自己公司赚钱，也要让对方赚钱。做生意是为公家做事，公私分明，不能夹带个人的私欲杂念，损公肥私。交往过程中要对自己负责，也要替对方着想。我坚持"合同之外无个人交易"原则。离开公司很多年后，原来的同事还谈起这事，说我在公司时就像个当法官的。在他们看来，这种行为是迂腐好笑的，是傻。

公事私谊，是公事公办，讲利益也讲原则。做生意也是交朋友，可交之人成为朋友，就要有情有义。所以，真诚互利让我结交到了许多商界的朋友。但是到法院工作以后，规定使然，时间流逝，后来，也都不联系了。看来"朋"，两个月也。何况十年、二十年不联系，也就无"友"了。

从商与从政应当说是需要不同的处世能力的。严格来说，这是两种不同思维和两种不同的生活方式。从商给了我一段难以忘怀的记忆，也极大地丰富了我的人生阅历。

到法院工作，人们通常的理解是从政了。其实，法院是更为封闭的机构。尤其是对我这个刚刚转换角色的新人来说。法院里的人和公司里的人，在我看来最大的区别是一"静"一"动"。法院里的人"静",是被动,要与外界保持适当的距离;公司里的人"动",是主动,要与人经常联系,才有商机。

上班第一天单位就进行廉政教育,我听后概括为"三距"和"三拒","距离当事人、距离律师、距离饭店歌舞厅"和"拒吃请、拒受礼、拒说情"。公司经营是"动"的,要主动与客户搞好关系,互惠互利,迎来送往,吃请是常事。以前在公司工作,到了下午三四点钟,客户没有约你,你就要主动约客户去吃饭了。后来到了法院工作就开始怕这个时间段来的电话,起初还可以推说要开会,后来次数多了人家就直接问:"你新到法院又没当上什么领导,哪来那么多的会?"我也只好直说了:"法院有规定,不能随便出去吃饭。"就这样,我慢慢地远了商界的那些人。静静地以书为伴,以案卷为友,做起了法院人、法律人。

现在退休后更觉得,法官是孤独的。首先要耐得住寂寞,因为退休后还有更多的"不准"。但到了这个年龄,多年来的职业习惯已把我变得心境淡然而无为。法律知识是无边浩瀚的湖水,要用眼睛陪伴心灵航行,浪遏飞舟,却要永不疲倦。法官永远是前行者,办案的路上停不下脚步,溅起的浪花是给岸上人欣赏的,法官看到的还是前面那茫茫之水,案件如潮水涌来,只能奋力前行。这是老法官对新进之人的劝勉。

我那位通过注册会计师考试的同学,后来有了自己的房地产开发公司,成了亿万富翁。有同事和朋友开玩笑地对我说:"你当法官,社会上少了一位亿万富翁。"我应之以微笑。

然而,以我的性格,我办企业、做律师可能赚不了那么多的钱。我对钱的理解是,没钱不行,不能做个孔乙己似的文化人,几文酒钱还有赊账的时候,那做人太失败;也不要视钱如命,因为人的一生钱财够用就好。到了钱多得离谱的时候,就只是个数字了。何况钱使资源固化,而资源要世人共享,一些人拥有得越多，另一些人拥有的就越少。

人生的目的是要活得快乐、幸福，过有尊严的生活。这只能通过为多数人服务而得到；对主持正义的法官来说，最能接近此人生目的。

所以，我做法官也许是真的适合的。到了法院后，我已灭了那个赚钱的心思。心定了，就做个法官而已，并没有更多的想法。过往的经验告诉我：选定了目标就要一直向前走，除非是个无目标的人生。法海无边，我自驾一叶扁舟，不管前面是风是雨，只顾前行去。

第 2 章

书 记 员

6. 对法庭的初印象

进法院工作要首先从书记员干起，那时书记员都是在编的政法序列，现在书记员是招聘的合同制雇员。书记员一般先要到乡下人民法庭锻炼，这是我未进法院时就得知的，也是我当初不想报名法院补员考试的原因之一。我的想法很简单也很没出息：刚在一个单位熬出头，从业务员、业务科长到公司经理。三十三岁了，又要到一个新单位从拖地打水开始。但既然去了，就得遵守制度规定。

机关单位就像一架机器，自有它运转的规律，无特殊的外力介入，就会一直转着，不会自动停下来，所以去了就得先适应。

当时，江山市人民法院有五个派出人民法庭。我被安排在江山市淤头人民法庭，离县城不是最远也不是最近，算适中的位置。辖区共三个镇两个乡，其中包括江郎乡。江郎乡因辖区内的江郎山而得名。2010年江郎山申遗成功，成为世界自然遗产，这可是江浙沪三地唯一一处世界自然遗产。神奇壮丽的江郎山脚下，有一个清漾村。清漾村里的清漾毛氏祖宅是江南毛氏发祥地，也是一代伟人毛泽东的祖居地。这个村历史上曾出过八位尚书，八十三位进士；近代出了国学大师毛子水，可谓人文荟萃。官员都贵而不富，清廉为民。值得提上一笔的是，现在江郎山已成为"AAAAA"级景区了。景区是用来观光旅游的，也在等着大家去"指点江山"呢！我在这里就不费笔墨了。这不是穿插广告，我是为家乡骄傲。

我去的时候，法庭还没有警车，只有一辆三轮摩托车。去之后，同事教我骑，我骑了下感觉有难度，也没兴趣学。所以后来下乡办案，我就坐在那三轮驾驶位的后面或边上的车斗里。我第一天上班是同学开小汽车送的，因为要住在法庭，自然还得带上铺盖、日常生活用品，一般是每星期三回家一次。

淤头人民法庭坐落在淤头镇的中心，在新街道与老街道相连接处转角的地方，从大门进去有一片小草坪、一棵桂花树、一株阔叶玉兰和一丛栀子花。栀子花后面就是办公楼了，一层是法庭和调解室，二层是办公室，三层是接待室、会议室。办公楼的左边隔着一个圆门，进去是一坪空地：种了一株含笑、一些青菜，紫罗兰沿围墙角无序地长着，中间是铺着鹅卵石的小路。进去就是四层楼的干警宿舍了，每层楼的楼梯两边各有一套两居室，还带卫生间，底楼是干警的食堂。楼的后面原来有一个小池塘，后来听说因为水积久了招蚊子，就把它填平了。

乡下人民法庭能看得到的就这些了，当然还有热情欢迎我的四位同事，中午他们又给我介绍了一位食堂做饭的老婆婆。铺好床铺，我就这样安顿下来，来到办公楼，与审判员对桌相坐，两人一个办公室。新的环境似乎并没有什么不安和的，那时审判员是师父，书记员为徒弟，现在都是招聘制书记员了，所以这种形式也就消失了。

我第一天穿上制服，大盖帽上缀有国徽，藏青色中山装制服扛着天平肩章，有一种威严和帅气。书记员和审判员的服装是一样的，老百姓搞不清楚，我就被问过："书记员比审判员大吧？我们村里都是听书记的，审判员要听你的吧。"那时老百姓很憨厚可爱。可能是因为我一米八、身材高大的缘故吧。这也给了我这刚刚转行的书记员以底气，不管谁听谁的，有案件来，审判员和书记员都有责任把案件办好，无非是"审"和"记"的区别。之所以这样认为，也是因为当时的自信，那时的书记员也是正式编制，慢慢也能成为审判员。但现在，书记员几乎没有可能成长为审判员，因为法官和书记员的性质不同，序列也不同，除非通过司法资格和公务员双重考试。其实，工作没有高低之分的，要说有的话，也只是志向和品格的高低。

7. 书记员是文字录像者

我在法院的工作就从书记员开始了。庭审中，审判员、原告、被告或证人在庭上讲的话，我都尽量保证简洁并且不漏原意地用笔记录在笔录纸上——庭审笔录。庭审结束时，他们对笔录核对无误后会在每页最下面签名，并用拇指或食指蘸上红印泥在自己的签名上按下指印。审判员、书记员则在最后一页最后一行文字下面的空白处签上自己的名字。笔录记错可以要求纠正过来，谁说的话谁就有权要求补正，补正后也要在补正的句子前后按上这个人的指印。这其实是很严肃的事情，一份合格的笔录要做到不遗漏程序、保证记录的是在法庭上所听到的话的原意，即使当事人讲得漫无边际，也要记录得简洁而有条理，归纳时也要用讲述者的说话方式和语气。因为同样的文字用不同的方式和语气说出，表达的意思是就有可能相反的。最好一层一层的意思一段一段地分开记录，便于以后阅读笔录时看得分明，又要字体清楚，让人能够识别。最主要的是，关键的陈述、回答、反驳一定要记下。这和证据同等重要，关系到案件事实的认定。那时，书记员就好比是审判工作过程中的全程文字录像者。现在庭审已从电脑记录到法庭全程录音录像，并且已经数字化、无纸化了。书记员的工作职责也有了变化，从繁重的书写记录中解放出来了。

书记员的工作，主要是开庭时做庭审记录，除此之外在庭前和庭后也有大量的工作。那时，《中华人民共和国法官法》还没有颁布，助理审判员和审判员都可以单独办案，一个书记员一般跟一个审判员，是采用"师父带徒弟"的形式。书记员称审判员为"师父"，书记员将来一般也要升为助理审判员、审判员的。书记员通常是被学校直接分配或部队转业到法院的，或经过严格的招录程序进法院。干了三五年书记员之后，符合条件的，院长任命其为助理审判员；助理审判员可以作为代理审判员主办案件，再三五年之后，符合条件的，报请同级人大常委会任命其为审判员。当然，也有时间更短或更长一些的，那是个别特例了。

这种制度的好处是能够全面地锻炼人，让人对法院工作的各个环节都熟悉，队伍稳定。书记员是审判员的后备力量，只要努力工作、耐心等待，总有成为审判员的希望，但必须脚踏实地、一步一个脚印地去做。师父是很重要的，严师出高徒，如果师父强，徒弟又善于学习，以后徒弟自己办案时能力就强。庭长也是很重要的，与乡镇党委、政府关系处理得好，法庭工作就能得到更多的支持；庭长思路正确，管理严格，庭里气象就新；庭长为人公正、业务能力强，庭里办出的案件审判质量就高，老百姓打官司就不那么折腾，少费钱、少费心、少费力，也能得到公正。以上这些对于一个书记员成长到审判员都是至关重要的，除此之外最关键、最重要的是，一个人的成长离不开自己的努力。

8. 从书记员视角看问题

那时的案件,无论是判决还是调解,法律文书都需要庭长签字,判决书还要分管院长签字把关。当然,案件也不多。案件不够办了,就要去挖掘案源,庭与庭之间要比办结案件数。于是,庭长都去联系辖区的农村信用社营业所,动员农村信用社起诉那些贷款到期经催收后还不还款的人,一般为了方便办案,按村或区域把十多个被告同一时间聚集到村会议室,摆张桌子可以做笔录的场所。书记员会提前几天就把所有的诉讼材料、笔录头、送达回证等准备好。一个案件备上一套,用回形针别好。办案时,审判员引导当事人,协商好什么时间还款、如何还款;书记员当场完善好笔录(主要是调解协议),双方当事人签字,就算完结了一个案件。诉讼费要求负担者即时缴纳,过些天后送达调解书。那时候的几十元、几千元的借款合同纠纷,在法庭的主持下,大多能达成调解协议,需要判决的情况是很少的。一天能办好几十件这种案件,我做书记员时,办过两次。

办理正常的案件时,书记员庭前做好准备工作,与审判员先把诉讼材料送达当事人,需要调查事实的,就要提前去调查,做调查笔录。那时人民群众比较纯朴,对国家工作人员很信任,送达、调查当事人都是比较配合的。书记员在开庭前是要先熟悉案件的,对诉状记载的基本情况先了解,如诉状中相关的人名、地名、物件名称、时间、金钱数额等,需要备忘的,先在一张笔录纸上列出,便于开庭时不会记录错误;那时没有话筒,也没有电脑,靠的是书记员的笔头硬记,如果不提前做好功课,那么要想做一份完美的笔录就会很困难。而笔录是需要完整反映庭审情况的，这点很重要，做好笔录是书记员的基本功。作为一名有上进心的书记员，是要在庭审笔录中展示自己的工作能力的。审判员看着庭审笔录写判决书，所以评估一个书记员的工作能力时，庭审笔录是很重要的参考标准。

  书记员的工作内容并不只是记录、送达。我认为，书记员也应当是学过法律的，懂得法院的程序规则。这样，就能发现审判员疏忽的问题，使法律程序更加严谨。一次，有一个调解案件，我在给被告送达调解书时，发现被告话很多，而且言不及义，我初步判断他可能患有精神疾病。我把这一情况报告给审判员，后经调查核实，被告真的患有严重的精神疾病。后来，通过其法定代理人进行了程序救济，补救了其限制民事行为能力人实施的行为，并就监护人工作也做好了衔接。及时发现了调解程序不合法的问题，也杜绝了一件错案的发生。

  庭审结束后，书记员应及时整理卷宗，按照规定顺序理出并编上序号，如果当事人提供的书面证据太大、太小或破损，大的则要折成与笔录纸大小一致，小的或破损的，则要平整地粘贴在笔录纸上。等法律文书送达之后，就能装订案卷了。

  装订案卷是个技术活，按顺序整理好再填写目录是比较容易的，难在折案卷皮，也就是给卷宗装上封面，要按卷宗的厚度折得刚好相合。卷宗肉与卷宗皮贴紧后，沿折边内里中间打三个孔，用装订卷宗的专用绳线合成双股从中孔正面进入，再将两线头从两边小孔穿出到背面的绳线折叠处对穿，抽紧打结并压平。一个装订好的卷宗，看起来就像一本平整的书。熟练的书记员用眼看就可以刚好折出卷宗所需要的厚度。而我则要用尺子量好，用笔在内里画条线，然后反折，用木板条在折边刮平，做得很慢。那白色的绳线算是韧性强的，但我有时会因为力度过大在抽紧打结时将其拉断，再穿入就不那么容易了，得用回形针穿引才能成功。有时因为纸张的松动，也就影响到卷宗的整齐。现在已进入无纸化办公时代，案卷也成了电子档案，有的纸质案卷如证据之类的，也通过扫描进电子档案，纸质卷宗不多了，而且归档任务也一般外包给专业人员做了。

书记员除了自身该做的工作，还有师父（审判员）布置的，似乎什么都要做。而审判员则是安排书记员的工作、开庭、考虑案件如何处理。当然，他也有庭长安排的各项工作。书记员的工作则包括送达、记录、装订、归档、报表，还有清洁卫生，等等。

庭里的大扫除是全员一起动手的。那时，正赶上人民法庭创建"文明法庭"，所以经常需要大扫除。春夏季节，我拿上扫把扫几下就会满头大汗。一起大扫除的同事就对我说："你不用这样卖力的。"但我就是扫地也要扫得最干净。我这人天生就是劳动态度好的那种。

岁数大也有岁数大的好处。人是经验的动物，因此，岁数大也能得到尊重。我在庭里和庭长是同年的，比庭里其他同事都年长几岁，当然也有我在企业里做过领导和通过律师资格考试的原因，同事都比较尊重我。因此，我虽是书记员，却没有被看作一般的书记员。审判员让我练练手，草拟调解书、判决书，少了些杂事的安排。我却是认真地做好书记员该做的工作，也力所能及地做一些其他工作。别人尊重我，我更尊重别人。同事之间相处得很愉悦，如一个平等和睦的大家庭。

记忆深刻的是有一个继承纠纷案件，当事人在庭中吵得一塌糊涂，而审理案件的助理审判员似乎控制不住场面，用他那斯文的声音，挥着不那么有力的手臂喊："不要吵了！不要吵！"但审判台下当事人的声音显然比审判台上审判员的声音要大，激动的当事人有开打的架势。情急之下，我喝道："请肃静！遵守法庭纪律！"下面便突然没有声音了。审判员的思路似乎被打乱了，他宣布休庭，休息十分钟，回办公室去了。

我则留在法庭，做双方当事人的思想工作，严肃地告知他们违反法庭规则的后果。他们认错以后，我继续规劝道："兄弟姐妹之间，为父母财产有什么好争吵的，凡事都可以商量。钱是可以赚的，但亲情不是钱可以买得到的。父母的这些财产怎么分，法律都有明确规定。法律是在你们自己商量不定的情况下给出一个分的规则。你们也可以按照这个规则，商量出一个大家都能接受的方案。"他们听到我这样说似乎都懂了，于是老大提出了一个方案，其余兄妹也各自提出想法。最后，我归纳他们的意见，给出折中建议，他们也都同意。等审判员回到法庭，当事人双方的调解协议已基本达成。"呀！你把它弄好了。"审判员诧异道。在他的脑海里可能想的是，刚才吵得不可开交、乌云满天，怎么可能一下子云淡风轻呢？

之后，虽说书记员是书记员，审判员是审判员，仍是师父和徒弟的关系。但审判员会与我讨论法律、案件问题，有些案件也交给我去调解处理。

9. 书记员是法院的一员

然而，人民法庭并不总是平静的小园子。庭长曾遇到一个离婚案件，男的就在法庭右手方向的新街道的肉摊卖肉。他是屠夫，满脸横肉。案件判决准许双方离婚，作为被告的他不服判决。一天下午，酒后的他一路骂进人民法庭的园子内，说要杀了庭长。庭长不想与之发生冲突，于是关上门躲起来了。庭里有人告诉他，庭长开会去了。这人在楼下骂了半天便走了。估计其他同事以前碰到过吧，甚是不以为然。我因为刚来不久，觉得奇怪，心想《中华人民共和国民事诉讼法》不是规定了对这种行为的强制措施吗，为何任由他闹？

庭长为了避免碰上他，多次有意躲避着。在庭务会上，我提出建议，如果他再次冲进办公楼侮辱、威胁庭长，我们就把他拘留了。有同事说，不能拘留，这杀猪的不怕死，很凶，怕他从拘留所出来之后真的杀人。我虽然只是书记员，但我也是法院的一员，抱着对法律的忠诚，我坚持提议，如果不拘留他，不仅不能宣示法律权威，而且那人还会没完没了。有两个审判员支持我的提议。

庭务会后第二天，那个人真的又来闹了。下午我们刚刚上班，便传来了那个人的骂声。我朝窗口望去，其人满脸通红，显然是喝过酒了。我告诉同事，大家做好准备。我则趁他上楼时，下到楼下，把法庭的大门锁上。等他想要殴打庭长时，我们一拥而上，制服了他。写好笔录，将拘留决定书报院长审批时，我们分别耐心地对他进行了批评教育。他被拘留十天出来后，我们去看了看他，发现他还在卖猪肉。他的刀并没有对准人，对我们却反而客气了。

刚到法院工作的新鲜感，和乡下人民法庭的新鲜空气融合在一起，一切都是那样新鲜。晨起阅读，晚间和两三个同事一起散步，我在新的大家庭感受到了一种新的愉悦。人生的幸福，一大半源自对新环境新工作的适应。

那时的人民法庭有自己的菜园，法庭干警自己种植瓜果时蔬，每个季节都有应季的新鲜菜蔬，除了肉类，青菜基本都能自给自足的。一个人民法庭四五个人组成一个大家庭，就食堂的饭菜丰富程度来说，可以和较为富裕的农村家庭相比了。而现在，人民法庭配备了车辆，早上去，晚上回城，也就失去了一种较为原始素朴的乐趣，一种"亦官亦农"的田园生活，一种同事间家庭式的和睦自在与轻松，更重要的是少有一起学习交流的机会了。

法庭的栀子花开在春末夏初，花朵是那样洁白，香气飘得很远，在办公室也能闻到微风送来的缕缕浓香，那样一种带有人间烟火的暖暖味道。就在栀子花还继续开放的时节，院里通知我调到人民法院办公室工作。我在人民法庭担任书记员的日子，随着栀子花香的到来结束了。时间长了，回忆随着香气散得很远很淡，但仍带着那种可回味的香。

第 3 章

助理审判员

10. 办公室工作很重要

1995年8月,院里安排我到江山市人民法院办公室工作。我认为,工作只有分工不同,组织这样安排自有组织的理由,而且院领导说,办公室工作很重要。院办公室有主任、副主任、财务会计和出纳员、统计员各一名,院里的驾驶员也归办公室调遣。院里当时正在建干警集资楼,副主任主要负责基建,文字工作就由我和主任负责。我的日常工作是编写《法院信息》《工作简报》,起草文件、总结、报告,陪院领导下基层、搞调研,以及接待等。

法院系统信息考核,江山市人民法院已经多年没有进入过全衢州市法院系统前三名了。"你要争取前一二名。"一到办公室,院领导第一次找我谈话时就强调"不该看的不看、不该听的不听、不该说的不说"。这些对我这个已不是初出校门的人来说,自然是懂的。我仔细思考领导的话,他特别强调的这句话才是关键,也是调我到办公室的目的。工作目标是明确的,就是落实领导交代的信息、宣传工作,在全市法院系统"要争取前一二名"。我心里并没有底,但我知道,凡可以排上名的,总有个立足的基点,找到这基点,无非就是在这基础上的分数累积。那么,写信息就要找准得分点,这样所报送信息的价值和得分才会高。认真琢磨摸索一番,我找到了迈向目标之路。最终能否达到领导强调的目标,于领导只是期望,于我却务必要尽最大努力去实现。办公室工作就是这样,领导拉了弓,箭就得射向目标。

我和主任在同一间办公室办公。主任也是从供销系统调入的,之前也是八大公司之一的某公司的副经理,在任上选调进入法院。之前我们俩姑且可称为同行，现在却是正宗的同事了，但之前我们并不很熟悉。他比我大五岁，如大哥般照顾我，经常指点我哪里做得不到位需要改进，领导有什么要求也会及时告知我，使我无后顾之忧地专心工作，因此我对主任敬重有加。我早上要送儿子到幼儿园，所以很早就到了办公室。拖了地，抹过桌、凳，打好开水，等主任来到办公室时，一切准备工作都就绪了。我也开始了一天的工作，前一天下班后或早上来时想到要做的工作，到办公室就先做起来了。

办公室工作多而杂，除了自己安排好日常要做的，常常会有临时的任务，如一篇很急的报告或汇报材料，会被要求限时提交。记得一天早上，领导也八点不到就来办公室了，见我就吩咐说："你马上写份汇报材料，我等会儿十点钟要去向市委书记和市人大主任汇报。"原来，早上有人发现市人民大会堂沿街围墙上，出现了攻击执行法官的大字报，这还是第一次出现执行法官遭受大字报攻击的现象。市领导、院领导都相当重视，都在等待一份事件简要情况的汇报材料。我到执行庭里调出案卷，边阅读相关笔录、执行程序文书，边听执行法官对执行过程的陈述。那时是手写成稿，然后交打印室打字，再油墨印的。要在一个多小时内完成，也只能先到打印室，我口述，打字员码字，再校对。这简直是曹植在作"七步诗"，挑战很大！

有时，也会在我认真做着手头工作时被叫停，陪领导出去，或有领导要来视查，要提前做好接待准备。勤快利索是办公室人员必备的素质，文字功底要好而且写稿要快；记性要好，做事还得有条理，不能丢三落四。临时被打断的工作，再回到办公室要记得继续完成。领导吩咐的所有工作，都要记得及时完成，包括领导偶然忘记的事情，也要替领导记得并及时处理。

办公室工作重要，是因为人的思想来自大脑，而大脑的思想自己不能行动，思想的行动靠人的手脚。

11. 繁杂中找到主线

然而，忙碌归忙碌，要从办公室的繁杂工作中找到主线，自己该做的主业不能忘；那些零零碎碎的工作，也要做好，每位领导交代的工作都要一样对待、一样诚恳。这也是法律人的平等观念，在非审判业务中也要贯彻。当然，工作也得分得清主次，主线任务永远是重点。与同事相处更得要低调谦逊、尊重别人，要诚恳坦荡、与人为善，善事不能全做，但恶事绝不能做。

说是到办公室做秘书，其实我到办公室的主要工作还是信息员，而且领导也对我有期许，希望能够在信息考核中争个名次。我心知这才是主业，这不是领导面子工程，是为全院争光的事。所有临时性事务做得出彩只是时间流水激起的小浪花，而信息宣传考核，才是引入流水在人工池塘里养的鱼，年底捞出称重便知斤两，是领导年底最关注的，也是同事们可以直观感受到的。

按通常定义表述法院信息工作简报太枯燥了，我用自己的话来解释一下。所谓法院信息，就是法院工作的亮点、特色；服务党委、政府工作大局的切入点、擦出的火花；法律实施过程中发现的问题、建议，以及与法院及其工作人员有关社情民意；等等。工作简报是工作正、反两方面的经验总结，或阶段性特色成果、典型材料、先进人物宣传，等等。这些工作做好了，能有效地由点到面地全方位宣传法院的工作。如此，就不能只靠信息员一个人，要发挥庭、室、队的作用。于是，在我的提议下，法院建立了信息宣传考核奖励制度。每个内部单位都配兼职信息员，将信息工作作为单位年度创优评先的一项内容进行考核，按得分情况，年底还有单独奖励。这是上级法院的考核内容，院里也应加以配套。这样，各庭、室、队负责人重视了，也激发了兼职信息员的工作积极性，我的工作得到了全院的支持。

我有时间就会到各庭、室、队走走，挖掘信息源，并鼓励各兼职信息员多投稿；每月有个简短的兼职信息员碰头会，指导其近期信息、简报方向性重点。我坚持每天至少向上级法院报送 1~2 条信息，争取每两个月要有不少于一期简报被上级法院采用。就像蜜蜂在鲜花中勤劳地飞舞一样，当年年底我们院在全市法院系统信息考核中取得了第一名的好成绩。中院年底发文件进行信息通报：江山市人民法院得分 720.5 分，而最后一名得分是 382 分。这增强了我做好工作的信心，只要勤奋善思、方法得当、集中众智，就能取得好的业绩。

第二年，中院给了江山市人民法院信息直报高级人民法院（简称高院）的权利——省高院信息直报点。这就提高了我院的信息被省高院采用的概率。借助近半年摸索得到的一些经验，江山市人民法院之后的信息宣传工作更加顺风顺水，连续保持了多年第一名的好成绩。我个人连续三年被中院评为优秀信息员、报社优秀通讯员。

12. 进取善思之道

院办公室还负责保管法院公章和院长名章，便于在有关文书上用印。法律文书统一盖上法院大印，干警外出联系工作也要开具介绍信。介绍信与存根印有一条虚线，那时的习惯，是在介绍信开具的年月日上盖上法院印章，在虚线上盖章，然后沿虚线裁下介绍信，与存根各留法院的半个印章。

可我到办公室后再不在虚线上盖章了，这也成了我的坚持。有一天，遇到一个庭长来开介绍信，要求我在虚线上也盖章。我说法院印章上面有国徽，不能作为骑缝章用。她很不高兴："你才到办公室几个月，我在办公室工作的年份比你月份还多！"我没有同她争辩，却因信息员的敏感，发现她给我提供了一条很好的信息。《中华人民共和国国徽法》在1991年就颁布实施了，我马上写了篇《法院公章不能作骑缝章》，并上报。这篇信息（文章）后来被最高人民法院也采用了。我记得报送一篇信息到中院为1分，被采用为3分，被最高人民法院采用为30分。尽管基层人民法院的信息被最高人民法院采用很难，但自从有了这个开头，之后我们院每年总有信息被最高人民法院采用。这样的分数，其他法院想超越就有难度了。

我在办公室工作期间，院里经济审判庭办结破产案件还是较多的。在挖掘信息源时，我发现，虽办结了那么多的企业破产案件，却没有一个破产企业法定代表人或上级主管部门的领导依照《中华人民共和国破产法（试行）》第42条规定，因对破产负有主要责任，被行政处分；或因玩忽职守造成企业破产，致使国家财产遭受重大损失，而被追究刑事责任的。为此，我写了一篇题为《江山法院反映当前企业破产后未依法查明企业破产责任的情况严重》的信息，被中院、高院采用。又在1998年11月7日通过舆论监督的形式，以《企业破产，怎能没有责任人?》被《浙江日报》发表。因写信息我无意间开始关注企业破产相关法律，没想到由此结缘，十五年后，我专注于企业破产法的实践和研究，从此一往情深。

写信息会遇到面对难题报还是不报的问题。这不仅考验信息员的良心与胆量，也考验院长的魄力。我就碰上了这种问题。当时，权力机关尝试对个案进行"质询"，为了进一步监督，欲创新派员列席审判委员会对大要案讨论的制度。作为信息员，我认为有必要第一时间将这重要信息向上级人民法院报送，以便及时制止此事，但我对后果把握不准。写是信息员的职责，是否报送由领导决定。我把写好的信息稿件呈请院长，院长还是有魄力的，批了"行"。信息上报后，上级人民法院编发内部信息报上级权力机关，得到了上级权力机关领导的批示："……于法无据。"一件"不能发生的"事最终没有发生，在其刚刚萌芽时便因为这篇信息被轻松地解决了。信息还能发挥出提前预防及时化解危机的作用，虽然不能直面碰撞却有着婉转应对的柔和功夫。

办公室工作有时来得急，我专注在工作上，忘记时间忘记了自己的事也是常有的。那时，孩子在上幼儿园，放学时需要我接回家。其他家长把孩子都接走了，我的孩子有时孤零零地在幼儿园门口等着忘记时间不称职的爸爸；更有一次，我赶到幼儿园时，老师都陪孩子吃过晚饭了，我不仅忘记了接小孩，连要开家长会也不记得了。和老师解释时虽然嘴上说得通，心里却过意不去。这也是法院工作的无奈，因为时常会处于无我状态。

在办公室工作，你的时间和工作是围绕领导的工作轴心转的，在时间安排上身不由己，要把领导交代的任务及时完成，有些任务还必须在极短的时间内限时完成。所以，从事秘书工作需要勤勤恳恳、任劳任怨、工作忘记时间忘记自己。

　　律师资格考试和全国法院补员考试，都在 1994 年下半年同一个月的前后进行。律师资格考试合格是当年公布的，中华人民共和国司法部律师资格审查委员会发证是到了 1995 年 10 月，那时我才领到《中华人民共和国律师资格证书》。也是在 1995 年，中华人民共和国初任审判员、助理审判员第一次考试开始，我赶上了。1996 年 6 月，我也领到了中华人民共和国最高人民法院法官考评委员会颁发的《中华人民共和国初任审判员、助理审判员考试合格证书》。这是我值得炫耀的一件事，拥有法律资格"双证书"，在法律人中是不多见的。因为，到 2002 年律师资格考试取消，律师、法官、检察官和公证员的职业资格考试就合并为国家司法考试，从 2018 年开始改为国家统一法律资格考试。

　　1996 年 8 月，我被任命为助理审判员。办公室工作很忙，在办公室工作期间，我作为助理审判员只参加合议庭审理过两个案件，分不出时间去单独审理案件。

13. 领导身边忌安逸

办公室工作驾轻就熟了，但不可安于现状，也不可只随领导的欢心，满足过安逸的日子。1997年春季，我决定参加"法律本科"自学考试，磨砺自我意志的新一轮艰苦开始了。在院办公室要想看自学考试的书，不是不可以，而是不可能，因为没有机动的时间。因此，只能利用业余时间自学。所以，高等教育自学考试中的"自学"二字是非常准确的。

我发现，人和人要有所区别，主要在于对业余时间的利用。专注于工作，工作就会更加出色；专注于有益的爱好，就会在工作之外另有收获；如果专注于打牌、喝酒、搓麻将，一生注定平淡无奇。因此，我主张尽量把八小时之外的更多时间，用到自己身上。所以，三年来，我在办公室工作期间，从未采用过任何一篇表扬加班加点的报送信息。有一次业务庭报送了其庭里的工作人员如何加班加点的信息，资深庭长专门送来，我还是驳了他的面子。我觉得加班加点没什么值得表扬的，应该号召大家提高工作效率，在上班时间内把工作做好。真的遇到紧急的工作，偶然加班几次也不用表扬。无谓的加班加点，除了证明工作低效能，实质上其是对人性的摧残。如果人只是工作的机器，便是在否定人的全面发展。如果对本职工作爱之若狂，这是人生志趣与工作匹配的幸福；如果平庸地工作，装模作样加班，就是浪费生命；如果工作只是一份职业，业余又有自己的一份爱好，有职业加一份有益的爱好则是充实有意义的人生。

做办公室工作有种不成文的说法，在领导身边，最好不要超过三年。为什么？做得不好，待不到三年就会走人；做得好，三年后就会舍不得放你。因此，三年后主动离开是最好的。当然，如果领导真对你好，他就会给个位置培养你。

1997年年底，院长要换届了。我认为自己也应当去从事审判工作了，毕竟在法院工作办案是主业。这种想法，在新院长到任之前提出，是不合时宜的。新院长到任后的第二年，我向他提出了想去业务庭办案的想法。还记得当时的院长瞪着我："想去办案可以，你给我找个能代替你的人！"他平时上班期间遇见下属很少搭话，一副很严肃的样子，很多同事都怕他。其实，他给我的印象是有思路、有魅力的，真正接触后，应是属于可爱型的那种领导。他并没有拒绝我的请求，只是有个条件，让我推荐新人接替我的工作或许是考察我识人的能力吧。

人选自然是有的，我平时就注意观察各庭的信息员。最后，把从人民法庭物色的一个人选调来了，院长说："你先带他个把月。"这当然是情理之中的事。然而，就在这个把月里，产生了变数，组织部也要选一个会写材料的人，这不，办公室正好有个现成的年轻人，就把他给调去了。我又建议了新的人选。政工科长说，怕不行吧。我说，我观察是可以的，要不试试看吧。这个人原来有些懒散的习惯，但一到院办公室工作就变得很努力上进，适应很快。我所推荐的这两个人，后来发展都很不错，说明我选人的眼光还可以。有了接替的人选，我也有了到审判岗位工作的机会。

1998年7月21日，江山市市人大常委会任命我为江山市人民法院审判员、贺村人民法庭副庭长。

我在办公室工作正好三年。这三年让我的综合协调能力、文字写作能力、管理思考能力都有了很大的提高。在办公室工作，可以看到各种文件、报告，要研究相关政策。如在业务庭工作，看《人民法院报》时是只看理论版，但在办公室工作头版是必看的，以便对法院工作有宏观的判断，准确把握趋势。

一项重要工作部署和一个重要问题处理,以及院里的规章制度,我在写稿时,领导往往会提出自己的意见或在稿上修改。我陪同院长参加一些重要会议时,都会用心揣摩、整理分析,往往能领略其工作的方式、方法和处理问题的思路,以及管理技巧、策略,等等。这些,对以后自己当庭长、院领导都有很大的帮助。

领导的讲话、批示,隐含了他的思维方式和工作方法。讲话、文字结合其行为,才能读出真义。在高手身边,就能学到真功夫。

文秘工作要吃得了苦,经受得住锻炼,善于观察总结,因"苦"而锻造人,因"炼"而长才干;因"观"而长见识,因"察"而生智慧。因此,有机会在办公室锻炼几年,也是人生值得珍惜的一段工作经历。

回首梳理这些记忆时才发现,信息宣传工作的开展已不再只借助纸质媒体。随着互联网、数字化、无纸化、大数据飞速发展,这些已成为一段凝固的历史,但历史总是值得后人借鉴和思考的。

第 4 章

贺村人民法庭副庭长

14. 见龙在田

一般来说，新院长到任，熟悉一段时间后在人事上都会有些动作。中层竞争上岗紧接着制订方案，办公室要起草方案自然最早知道。方案中，中层竞争条件放宽到助理审判员，我心里就清楚我有资格参加竞争了。方案公布后我也不好明问，就试着请教主任，我是否能报名参加。他说我要报名！这次中层竞争上岗采用竞争演讲、干警测评、党组推荐、组织考察、人大任命的方式。演讲前我做了充分的准备，演讲取得了极大成功，加上我平时在办公室的表现很好，人缘也都不错，由我担任中层副职大家没有任何异议。

1998年7月，江山市人大常务委员会任命我为江山市人民法院审判员、贺村人民法庭副庭长。

任命审判员，同时任命副庭长。这种情况属于破格使用，院里在此之前是没有先例的，说明我的工作能力和人品得到了充分的肯定。虽然我进法院才第四个年头，但我那年已经三十六岁了。

记得有一次我带儿子到院办公室，正好他同学的爸爸来我办公室。那人走后，儿子好奇地悄悄问我："爸爸，是××爸爸大，还是你大？"我知道他问的是官职大小，我告诉儿子："她爸爸是法院副院长，是爸爸的领导。"儿子神秘地附在我耳边说："她和我说：'我爸爸有三个名字，小×、×庭长、×副院长。'"人人都有，说好听点是自尊，说白了就是虚荣心。我本不想当官，但为了儿子，也得努力工作，有个一官半职的，也好不让儿子对自己失望。这或许是不那么正确的想法，却是我当时心中最真实的想法。

当然，人生在这个阶段，正如《易经》乾卦九二"见龙在田，利见大人"所提示的，应当崭露头角，展示自己的才华了，以获得进一步的栽培和磨炼。我的理解是，职务是一个人在平台上的能量聚焦点。人占据能量集聚处，越靠近中心，能量越大，对于想成就一番事业的人来说，就越能施展自己的抱负，做成一番事业。

贺村是江山市最大的一个镇，也是全市经济最发达的镇，并不是一个村庄的"村"。之所以在这里特别提一下，是避免其他人误会我是到设在村里的人民法庭当副庭长，说起这个还是因为我的书记员有个故事。我的书记员是中国政法大学毕业的，他告诉我，他的一个同学被分配到中央纪律检查委员会工作，那时联系方式还是以写信为主，北京的那个同学收到他被分配在"江山市贺村人民法庭"的信，就回信问："你那里村里还设人民法庭？"他自嘲道："唉！我同学被分配到中央机关工作，我则在村法庭工作。太没面子！"但是他做书记员工作很称职，我很满意；但他不满意，为了不在"村法庭"工作，他业余时间都在复习考研。研究生毕业以后，他进了深圳市中级人民法院。

我到贺村人民法庭上班的时候，庭里已有一辆桑塔纳小车了，条件比我刚到法院时好多了，但案件也是五个人民法庭中最多的。这次也是要带铺盖去的，庭里的车来接我。到庭里放下铺盖，我就先到办公室。庭长说："刚立了个案件，给你办吧。"原告是部队的一名军人，被告是一名打印店的店主。因为将两张页面的内容缩印到一张纸上，店主作复印了两张纸来计算复印费用。估计军人回去报销挨批评了吧，这个并没有去核实。反正军人认为虽然他复印的是两张页面的，实际只用了一张复印纸。因此，主张店主应当退还他已支付的48元费用多算的一半。这种纠纷我们之前没碰到过，庭里不知案由该怎么定，当时还没有出台《民事案件案由规定》。我想这应当属于承揽合同纠纷，不过当时案件案由直接定为：复印纠纷。上午我就把案件结了，双方达成调解协议并即时清结了。这是我到人民法庭办结的第一件案件。

15. 正职、副职的碰撞

庭里除了门卫值班室有一部电话，庭长办公室也装了一部电话。我刚到法庭时，院内外熟悉的人时有问候电话打来，庭长叫了我几次以后，电话就搁下不叫我接了。这种情况多了，我觉得这是庭长对人的一种不尊重，就直接通知庭里内勤去邮局申请给我的办公室也装一部电话。这是正、副庭长第一次不愉快的碰撞。他是高中毕业就到法院工作了，当副庭长主持工作的时间比我进法院的时间长。我和他相比，没办过案就来当副庭长，当然可以说是新兵了。我认为他不尊重我，其实我也没有做到多沟通和对他的尊重。他原来是在有四个人的人民法庭主持工作，任副庭长；到了七个人的人民法庭，而且配有副职，也得有个适应过程。

两人都习惯独当一面，何况我在企业还干了十年，加上我二人性格不同，在工作磨合阶段就出了问题。从我放下铺盖办的第一个案件开始，他就想测试我的能力。到了第三周，我二人办案时就进行了分工，把调走人员留下未结的案件对半分，要求10月份做报表前全部办结。庭里人员分为两个办案审判组：他带个书记员、驾驶员，3人组成一个组；我带助理审判员和2名书记员4人组成一个组。分案按1∶2比例，即庭长组1件，副庭长组2件。这对于我来说可能是不利的，我心里明白。这不地道的做法，显然是想给我出难题，好让我服软，但服软不是我的性格。这样的分工，只能将正职、副职的合作缝隙撕开得更大。他把庭里的管理权分为两份，给了副庭长一份。这也说明他管理经验缺乏，之后两个审判组的人员也互不服对方了。事实证明，这种做法对于正职来说是最笨的管理方法。

在办案方面我是个新手，但在法律的学习上，我不仅是高等教育自学考试法律专科毕业，通过了律师资格考试，而且被选调到法院之前还代理过一些诉讼案件，所以在法院当时的队伍中，我的法律专业素养还是较为全面的。所以，移交给我的未结案，能调解的调解，该判决的判决。到 9 月，这批案件我就全部办结了，其中包括了几件疑难案件。庭长却还有很多，看我提早完成就说他会议多，能不能再帮他完成几件？我知道这"几件"肯定是骨头案，因为几个月下来我已能猜得到他心中的想法了："这小子可能运气好，难案分在我这里了，我再把这几个难的给他，看他如何办。"

我爽快地答应了，这答应是真心的。一是庭长有这个权力，安排一些任务给我；二是正职、副职也要搞好关系，才能更好地工作；三是即使是棘手的难案，我也有自信能办结。我这样做，既考虑到同事之间要合作，共事就要大度，又懂得赢得尊重靠的是实力。这段时间，我的主要精力用于集中办案，琢磨如何提高庭审能力和效率。因此，办案有效率也有成绩，也养成了我办案快捷的风格。

16. 夜晚面对自己好修行

在人民法庭，无特殊情况下星期三可以回家，平时都是住在法庭干警宿舍。因此，我有更多时间用来学习。如果有调解书、判决书要写，我便先完成正事。宿舍里可以打牌，但我不感兴趣。读书是我一直以来的爱好。我已经参加了法律本科自学考试，每年上半年和下半年有两次统一考试，还是要花费许多业余时间的。那时晚上同事之间可以相互邀请喝酒，我为了自学考试，还是作了一些不近人情的推辞。从准备法律专科自学考试的过程中，我总结出自己的一套方法，就是"书读四遍"：第一遍通读教材；第二遍精读且画出所有重点；第三遍背记重点；第四遍默记出由重点联结的全书的大概内容。这样，不仅可以很好地掌握所学内容，而且对全书的架构、知识点、脉络都梳理得很清楚，不用死记硬背，就能全面掌握自学考试的内容。这样四遍书读过，考试通不过的概率就很小。而且，久而久之，也就知道一本书应怎么写，甚至知道如何编排内容才更连贯，更方便读者阅读。

高等教育自学考试不仅是一座没有围墙的大学，更是自我加压的一项业余修炼。而且，我觉得通过自学考试得到的知识，一是知识牢固不易忘记；二是融会贯通，是真正属于自己的知识；三是长此以往养成了读书的好习惯；四是增强个人的悟性，而悟性是一切工作创新的机关。

我作为副庭长的主要工作是带领审判组办好案件，一要办得多，二要办得好。然而，也仅此而已。8~11月，我审结案件共77件，不包括审核签发助理审判员所办案件的法律文书。

12月，法院组织干警到贺村人民法庭大执行，对法庭辖区的所有未执行案件进行地毯式执行。院里来了十多个人、三辆车，这样就有四辆车执行。院里来的人也统一住在人民法庭，二十多个人，不分昼夜，带来的被执行人都统一用手铐锁在支撑扶梯的竖立钢筋上，人则可以坐在台阶上，想好办法或需通知家人来履行的，由执行人员带到办公室打电话。夜晚，整个人民法庭灯火通明，警笛声声。有被执行人的家人、朋友连夜赶来，帮助被执行人履行了的，人一同回去。第二天上午还不能确定履行的，则拘留进看守所。这种简单粗暴的执行方式，效果是不错的，但不文明也不规范。印象最深的是一个被执行人的妻子，男的外出躲避了，执行人员寻找了两天见不到被执行人，到了第三天晚上就把他妻子带到法庭。虽然戴着手铐，她却能把手自由地脱出来，但她丈夫一直没有来。看守她的是位女执行员，和我说："这样楚楚动人的女子，怎么会嫁个家里这么穷的人。"我仔细看了一下她，娇小的身材，手很细巧的，手铐扣到最小环也不妨碍她的手出入。我说："你们把她带来做什么呢？"还有一个开办家具作坊的被执行人，我们找到他时，他正睡在门板上面铺着稻草的床上。执行人员问他，他说："没有钱履行。原来也有钱过，也有车。"问他什么车，他答："奔驰600。"执行人员调查过，知道他在吹牛。就故意说，那就是不想还钱？这样的态度就尝试一下警棍的滋味吧。他紧张得跳起来："不要！不要！身体是父母所生，会很痛的。"我和执行人员说，不要开这样的玩笑。这种对象我都会放他们早点回家去。这样的执行方式，后来还持续了几年，由于人民群众反映强烈，市人大常委会专门进行了视察，后来的执行就逐步进入文明执行、规范执行阶段了。

法庭的夜晚是宁静的，有时也可以是热闹的。热闹的夜晚让我总有种不自在，喝酒是快乐的，于我还是有点烦忧；执行的兴奋刺激，于我来说，这样的执法缺乏慈悲。我喜欢在微风吹拂的灯下看书，静，能思考，有收获。所以，法庭的夜晚好修行。最好的时光是，关上房门自己面对自己。

17. 包容反对你的人

正、副庭长的想法不统一，也就带来了两个审判组成员之间的隔阂。有问题是正常的，谁都不正视也不去解决就不正常了。除了庭务会，我和庭长很少碰头商量问题，庭长在我带审判组外出办案时，好几次以他有事要用车为由，把车召回。终于在他有一次要求驾驶员把车开回时，我拒绝了。这件事闹到分管院长那里，分管院长知道情况后，也不好偏袒庭长，当然，聪明的领导也不会当场给出答案。但回到庭里后，庭长说出了解决办法，两个审判组除特殊情况外，每组隔一天用车。自此，两个审判组各办各的案件，只有吃饭和开会时，全庭人员才聚集在一起。两个审判组表面看来是个和睦的大家庭，但暗地里却在较劲比拼。这样也有好处，工作上你追我赶，庭里反而生机勃勃，工作开展得有声有色，工作业绩也很突出。

这样的日子过了一年多，我似乎习惯了。既然双方脾气不合，他又是正职，人是无力短期改变另一个人脾性的。当然，我也不是可以无原则将就他人的人。我有话直说，他则拐弯抹角。有次庭务会他传达所在镇领导的话，说镇政府打算以后统一由镇里发法庭人员的工资，已报市长审批了。我当场说这不可能，他还是非常肯定。我就说，那我会请求回院机关去。人民法庭是法院的派出机构，再说贺村镇只不过是人民法庭辖区的五个乡镇之一，人民法庭怎么能由所在地镇人民政府管理呢？对无原则的人，我内心是反感的，我认为人必须要有正气，何况是一名法官。然而，我主张工作上的矛盾归工作，个人之间不能有芥蒂。因此，并不影响心情，有时争吵却也相安无事，工作还是照样做好。人在忙工作的时候，就会感觉时间过得很快。

1999年的秋天，院长来到法庭。他带了政工科长几个人，也没提前通知，来了没听庭里汇报工作，也没找正、副庭长。却分别找庭里的同志个别谈话。中午饭后，组里同志一个个向我反馈，院长和政工科同志是来听取大家对你们两位庭长的意见的。院长没有说明来意，但我已经知道，这种状态可能就要结束了。只是不知道会采用什么样的方法，我似乎已经习惯了不该问的不问。当年，我办结的案件数为220件。

这次谈话之后，当年冬季，院里人事变动了。庭长去民事审判第一庭任庭长，我到淤头人民法庭任副庭长主持工作。观此院里人事变动是两人都得到重用了。说明院长和政工科同志调研的结果是，无有对错，只是错配搭档了。之后，他从民事审判第一审判庭庭长升任副院长，我任民事审判第一庭庭长、审判委员会委员。再之后，我提任纪检组长兼执行局局长、副院长，一起在一个班子里共事十多年，这是后话。

这件事我之所以特别提起，是因为一个人在单位要与每个同事都相处融洽，对于稍有个性和正直的人来说，或许不容易做到，但也不用刻意去做。率性而为，坦荡共事，日久见人心，这样的人往往更经得住时间的考验。再说，一个单位有一两个和你不融洽的人，能更好地督促你小心谨慎，时时反省自己，更能避免你犯错；如果人人都奉承你而没有反对你的人，则更容易使你忘乎所以。

一个单位有一两个反对你的人，是工作中的幸运。你应当包容、宽恕这种人。即使你有权对他作出某些决定，我想也应当是尊重，而不是伤害。正如森林里的树有各种，却能共同生长；人虽各不相同，但也可以互不伤害地共处。

第 5 章

淤头人民法庭主持工作

18. 花丛中找到那一朵

1999年12月30日,江山市人大常委会颁发任命书,由我担任淤头人民法庭副庭长主持工作。2000年元旦,我第二次来到种着栀子花的园子里。

经过一年多的磨炼,我对人民法庭工作有了自己的认识,组织也给了我独当一面的机会,我可以按自己的思路来做些有益的尝试了。人民法庭工作,做好审判是第一要务。但如果人民法庭和机关业务庭的职能没有区别,那就没有设立人民法庭的必要了。那么二者区别在哪里?人民法庭离人民群众近,就要方便群众;人民法庭既然是群众身边的法庭,就要让老百姓可以近距离感受到法律权威和司法温暖;中国政权的根基在人民,乡村广泛的民众,是最需要贴近和关心的。人民法庭要与所辖区域的乡镇党委、政府处理好关系,参与乡(镇)、村社会治理。这关系不是去"搞"好的,而应当在各自的职能工作上相互尊重、相互配合从而得到认可的。当然,人民法庭工作是全方位的,但凡事要抓其大者。

到了一地工作,总得先认个门,各个乡镇走一下,打个招呼。但工作不能只是这样俗套地去做,我是带着问题去调研的。首先,要了解乡镇最希望人民法庭帮他们做什么;同时要告诉乡镇,人民法庭的职能是什么,可以做什么。礼节性地拜访过各乡镇之后,我觉得某镇人民政府提出的问题,应安排时间集中解决。这里要解决的问题是,村民承包集体鱼塘但不交承包款。十多个鱼塘的承包款不交,严重影响了村集体经济,村民的意见也很大。镇政府多年一直想解决,但至今没能解决。导致这样的原因是村民没有合同意识，干部催交不上就放着，承包人能拖就拖；跟风现象，一人不交承包款，其他承包人就跟风不交；干部自身问题，有的干部袒护村民，有的干部怕得罪人。分析后，我认为可以通过诉讼解决纠纷，培养村民的契约精神，也有利于乡村治理，弘扬正气，还能发展经济。人民法庭工作千头万绪，如同绽放在眼前的一片花海，鲜花丛中你要找到最引入注目的那一朵。

诉到法庭的9个案件，一起立案，全都由我审理。先是对承包鱼塘的被告集中进行法律宣传教育，继之进行调解，调解时让群众旁听，也可以评评理。这样，当事人、群众可以互动，更有教育意义。既有法律规定，合同上也是明确约定，群众也认为不交没道理。这样一来，大部分案件通过调解就达成了解决协议。其中一个被告当天就爽快地缴纳了承包款，案件作撤诉处理。有2名被告是坚决不同意调解，不同意调解的原因是，一名被告有九个兄弟，其中的一个兄弟是原告所在镇的干部，其外甥是检察院干部。另一名被告是单身男人，家里就他一人。两名被告可能都认为法庭也奈何他不得。案件判决后，一名被告经在检察院和镇政府的亲属干部做工作，最后主动缴纳了承包款。另一名被告经强制执行清偿了判决确定的鱼塘承包款。

为了起到更好的宣传效果，电视台制作了这些案件从案件审理到案件执行的专题片。电视专题片以《鱼塘风波》为片名，分上、下两集在市电视台播出，收获了良好的社会效果，此片也获得了省级好新闻奖。案件的审理和宣传，规范了农业承包合同，发展了村级集体经济，村民也满意。分管农业的副镇长真诚地对我说："真的要感谢法庭，这是三任副镇长都想做成的事，终于在我任上把它解决好了。"这批案件的顺利审结和宣传，不仅在民众中起到很好的法治宣传效果，也进一步树立了人民法庭的良好形象。

乡镇干部也认识到，在乡村治理的过程中，人民法庭参与其中有着重要意义，有些问题不能光靠行政手段，也要通过司法手段来解决。

19. 事不增繁要化简

凡事要将繁杂化为简单，不可人为地把简单变为繁杂。人民法庭地位提高了，并不是为了多揽案件，而是应当通过案件宣传提高人们的法治意识，减少纠纷的发生，及时解决纠纷，依法解决纠纷，这才是真正的安民之道。

记得是在初夏的一天晚上，我接到辖区一位乡党委书记的电话，那是位女书记，平时说话细声细语，但这次电话里语气很急。"徐庭长，明天您是否能抽出时间来我们乡里，乡小学发生大事了，我想请您来协助我们处理。"

原来，乡里小学组织小学生采摘茶叶，结束时，一个女生到渠道边洗手，因雨季台阶滑、水又满，不慎落水溺亡。其父母、亲属已从学校围到乡政府里来了。父母四十多岁时才生育出这么一个独生女。

"唉！是大事情呀，大事情！"从女书记悲悯的语调中，我可以听出这算是她当一把手以来遇到的比较大的一件事了。我也觉得人命关天，应当主动及时处理方能安抚死者家属，求得事件妥当平息。这种事不能拖，拖不得。

女书记亲自召集死者的父母及近亲属、学校校长、班主任、人民法庭庭长、派出所所长等坐在一间会议室里。相应的程序安抚、情况通报过后，自然需要先单独听听死者父母的意见，然后是校长、班主任的想法。最后，多方坐在一起。女书记介绍说："今天我们专门邀请了人民法庭的庭长，下面请庭长讲话。"

我说："对这件事的发生，我感到非常痛心。我对死者的家属表示同情和慰问。今天法庭不是把这事当作受理的案件来处理的,而是要与乡人民政府一起协助双方妥善解决。我不希望这事诉到法庭,只是想给你们双方释明法律,告诉你们法律在这方面是怎样规定的,希望你们听明白之后,可以通情达理地协商解决好这件事情。当然,在你们双方协商的过程中,法庭在听取意见后,也会提些公道的建议。"

最终,在乡人民政府的主持下双方达成了赔偿协议,显然法庭的意见得到了尊重。此事,在赔偿款如约支付后,便风平浪静,女书记终于舒了口气。

事后,乡党委书记专门到人民法庭对我说:"庭长,谢谢法庭对乡里工作的支持。我非常感谢您。我已责令校长加强学生安全方面的教育了。"通过这件事的处理能很好地说明,人民法庭不能追求案件数量,要指导乡(镇)、村,化纠纷于未成诉之前。正如有位名医讲的"真正的名医治未病"。这种低成本、贴民心、讲和谐的方式才能最好地进行乡村治理。

记得一个星期五的早上,一对夫妻来到法庭,见到我就递上诉状:"我们要离婚。"我做了些劝说,他们依然很坚持。我便叫内勤收下诉状,对他们说:"你们先回去吧,下个星期听法庭通知。"

下周五,我把此事告诉了该村的村支部书记。村支部书记说:"离什么离!饭吃得太饱了,好好的夫妻离什么婚。我晚上去他家看看。"

再到周一的早上,那个提出离婚的男人出现在法庭。递过一纸:"庭长,真对不起,村书记批评我了。我拿回去。"我知道他要拿回去的是递交到法庭的诉状,便先接过他递来的那张纸。那纸上写道:

尊敬的法庭:

我因家里的几堆鹅粪未扫掉,骂了老婆,引起两人争吵,一时气愤提出离婚。经村书记批评教育,今已经认识到错误,夫妻和好了。不提离婚了,请让我拿回诉状。

从这件事中,我意识到,办理离婚诉讼,不能以了结一个案件为目的,要放一放。也就是后来《民法典》规定的离婚冷静期制度，给当事人留有冷静思考的时间，防止草率离婚。当然，人民法庭办案有个好处是贴近百姓。案件的信息来源充分，乡镇、村干部能够配合做工作，无须立案的就不立案，能够调解的及时调解，有利于矛盾纠纷的彻底解决，也利于融洽干群关系。

20. 结案思考真目的

那时，人民法庭的案件是审执结合的，人民法庭审结的案件一般都由人民法庭执行，个别案件也可以移送执行庭执行，但必须经院领导同意。因此，庭里除了审理案件的送达、调查取证，顺路执行案件外，也经常组织集中执行。

有一天晚上八点多了，我接到举报，被执行人是在北京搞装修的，现在回家过春节了。法庭也正在组织春节期间的集中执行。我们在去之前，申请人就特别提醒，往年两次执行都被他跑掉了，千万要注意。我们进门，执行人指认，坐在床头的那人便是被执行人。亮明执行人员身份后，我迅速捉住被执行人的一只手，同事立即锁上了手铐，但被执行人力气特别大，拼命抗拒，另一只手怎么也扣不上。同事便将手铐另一环扣在自己的手上，把被执行人带出门外。被执行人叫喊："抓人了！"引得他家属、邻居几十人手拿菜刀、锄头追出来。这时，同事已把被执行人带上车，围过来的人群中有人喊："不能把人带走。把车掀了！"

我知道遇上围攻了，另一同事打电话给派出所，我则立即站到稍高处："我们是法院的工作人员，正在依法执行。谁再上前一步，立即拘留！你们如果砸车，就会被判刑坐牢。"那个时候，身要站直不能动，神态镇定不能慌张，只有用气势震慑住现场，才能确保安全。围攻的人停在那儿，围在警车的周围。车子已经发动了，但这种情况是不能强行开出去的。这时，派出所民警赶到协助，警车这才开了出去。

我们认为这个被执行人应当被拘留,并报告分管院长,分管院长说先把笔录做好。到院里找了个办公室,并与公安局的副局长联系,以免太晚看守所不收,把一切工作做好时,都近十二点了。然后报告分管院长。分管院长却说:"款都交来,就放人吧。"也许是体谅干警,都半夜了就不要再折腾了。不管怎样,还是让被执行人回去了,反正一个执行案件是结了。但我们心里还是觉得这样的人不拘留,有点便宜他。但也发现,人民法庭兼顾执行工作既有便利之处,也有不利的方面,不利的是力量不足,没有法警配合,被执行人容易逃脱,我们在执行时也容易遭遇围攻。

那时,人民法庭也办辖区内的自诉案件。有2件自诉案件,双方互为被告人,男方指控女方用瓦片击中他的头部,致右眼钝挫伤,构成犯罪。女方指控男方用拳头打击她,致四枚牙齿外伤性脱落,行为构成犯罪。双方伤势经过法医鉴定均认定轻伤,应追究刑事责任。两被告人都不承认对方的轻伤是自己造成的,开庭时双方都请来了同村的十多个证人。我到镇里和派出所了解情况,才知道此次纠纷是由于新支书与老支书两派斗争引起的。此案件开庭后,双方提供的证据都有证人串通作假的嫌疑,双方也没调解的余地,但不宜马上作出判决。因为处理不好会引发村里更多的问题。我向院分管院长汇报,说马上就要到"五一"假期了,能不能把双方都刑事拘留了,让他们在看守所好好反省,促使双方达成和解协议。这是解决问题的最好方式。将他们刑事拘留的理由是,行为的后果都构成了对方轻伤,以及防止被告人分别继续串通证人做伪证。

送看守所之前,我对他们进行了教育,告诉他们要好好反思自己的行为,并考虑和解的方案。

"五一"假期一晃而过。上班时我们去提审他俩,两个被告人都说了同样的话:"庭长,我真想见你呀。怎么今天才来?"

"在里面过得好吗?"

"实在受不了了,放我出来吧。我不告他了,也不要赔偿了。"女方说。男方也说:"放我出来,我也不想告她了,赔多少无所谓,我同意调解了。"

这两人完全是村里两派斗争的糊涂牺牲品,如果都被判刑,则村里的分裂就会更深;如果不能和解又不作处理,则村里之后就会更加不安宁。现在,双方既有和解的意愿,我们就把两被告人带到法庭,双方都承认了犯罪事实,自愿放弃对对方的指控,并互相向对方赔礼道歉,就赔偿达成了协议。我就用这个案例到村里进行法律宣传和教育,也讲了冤家宜解不宜结的道理,强调邻里要团结,党员要有正气。这两件案件的处理,取得了极好的法律效果和政治效果。在我与镇党委书记分析讨论后,引起了镇党委领导的重视,加强了村级基层组织的治理。

通过执行和诉讼两个不同的案件,我发现办理案件不能就案办案,要根据案件的具体情况,思考结案所能达到的真正目的是什么。就如前面的执行案件中,被执行人以暴力妨碍执行职务,之前的逃跑,本次的不配合、抗拒和喊叫,依法可以将其拘留,但围攻我们的是他的亲戚。他既已履行法律文书规定的义务,经教育也承认了错误,也就达到了目的。分管院长不拘留他是有道理的,被执行人毕竟在外经商,在农村也算是个有面子的人。经过大半夜的教育,他对法律也有了敬畏,而且正值春节,这种人性化的做法,对他的亲戚们也能进行很好的法律感化。

21. 廉洁要防被污名

我当庭长后也有人来给我请客送礼。我给自己定下规矩：一律拒绝。当然，一岗双责，也要经常教育庭里干警要廉洁自律。虽然有时会得罪人，但很多人已经知道我这庭长不能以吃请送礼来接近。记得有一名自诉案件被告人，依法应判处缓刑的。他很感激地送来了一塑料袋的茶叶，挂在我的办公室门口。之后，电话告诉我："庭长，我给您送了点自己种的茶叶。"我开门后，拿下挂在把手上的塑料袋，里面还塞着一个红包，是4000元现金。这是我到法院后第一次有人送现金。我让他拿了回去，并对他进行了批评。这种情况，退礼时是要两个人在场的，并要在"三拒登记簿"上做好记录。这样做是为了保护干警，年底考核也有此项内容。

虽然我自己做到了廉洁，但还是不能避免他人收礼我背污名的情况。"大盖帽两头翘，吃了原告吃被告"，这是当时社会对法官的污名化。我觉得这是"一竿子打翻一船人"。我相信绝大部分法官是坚守廉洁的，但有时法官自己不知是如何背上污名的。这种事，我就碰上过一次。

那天下午，同一原告的两个案件宣判，书记员等当事人在笔录上签字完毕来到我的办公室："庭长，原告夫妇签字时，和我说：'你庭长两个案件一个都没照顾我，我花了2000元请客，还给你们庭里每人送了一条香烟呢。'"我告诉书记员马上去把原告夫妇追回来，我要问清楚怎么回事。

我对原告做了询问笔录。原来，原告代理人告诉原告夫妇："你俩为了房屋的事（相邻关系纠纷和财产损害赔偿纠纷两个案件），专门从外省回老家打官司，最好花点钱请客。你们自己邀请庭长请不来的，我替你们请。你们给我4000元就行，吃顿饭，再加8条香烟，庭长和我所主任各2条，庭里其他3个人和我各1条。"原告说现钱不够，先给了代理人3000元。录完笔录固定证据后，第二天我找原告代理人做笔录，代理人承认了这一事实。他说："我知道请你吃饭你是不会来的，就想收点费用。"我把这事向院政工科汇报，并建议请电视台做个节目，让该代理人上节目给法官赔礼道歉，给遭遇同样情况但没有被澄清的法官销去污名。司法局和院里进行沟通，说电视节目就不要做了，这人是个法律工作者，司法局已经把他除名了，再对全市的法律工作者进行一次警示教育。这件事也就这样了结了，至于还有多少好法官被污名过，平时不会有人关注。所以，廉洁要防被污名。

一年很快就在忙碌中过去了，淤头人民法庭得到了上级领导的充分肯定。我个人被中级人民法院荣记了三等功。另一件喜事是，我的法律本科自学考试的论文答辩成绩很优秀。2000年12月，我取得了浙江大学和浙江省高等教育自学考试法律本科毕业文凭。

我的毕业论文是《论审判方式改革》，那时真可谓"当事人动动嘴，法官跑断腿"。为了解决这一问题，学界和司法界也已经开始探索实践"谁主张谁举证"的审判方式了。

第 6 章

贺村人民法庭庭长

22. "鹅之诉"的反思

2001年2月初，市人大常委会任命我为贺村人民法庭庭长。我的铺盖又搬到了贺村人民法庭宿舍，也许是巧合，淤头我去了两次，这次又重回贺村。完成了本科学业，我也有时间开始认真研读史尚宽先生的《民法全书》和王泽鉴先生的"天龙八部"等书籍了。我把在淤头人民法庭就开始看的这两套书，带到贺村人民法庭继续研读。我对民法特别感兴趣，同时，还购买了王利明、杨立新，以及台湾的几位学者著的关于人身损害赔偿方面的书籍用于学习。

仅隔了一年我便回到了贺村人民法庭，对辖区的情况还是比较熟悉的。贺村镇的工业相对比较发达，合同类纠纷比较多。如何才能规范合同、减少纠纷、避免风险，促进当地经济发展、为其保驾护航是人民法庭的重要工作；所管辖其他乡镇则是传统的民事纠纷为多，人身损害赔偿的案件比较多，其中两个乡镇的某几个村时有自诉案件。对这些乡镇、村则要从树立好村风、建立村规民约开始，这是一个浩大的工程。我想从人民法庭受理案件分析的角度，向乡镇、村提出一些建议，但当时政府更重视发展经济，法院提倡的也是"多办案、快办案、办好案"。从所想到做到，有多远？在当时还是有很长距离的，我只能尝试去实行。

基于这种理念，人民法庭工作就不能简单地等案上门，但也用不着去挖掘案源。那要怎样做呢？其实就是被动地收案，主动地做减少诉讼的工作。贺村人民法庭的案件数量在五个人民法庭中是最大的。针对辖区不同的案件态势情况，如何与乡镇、村加强沟通、指导人民调解，依法进行乡村有效治理，这是人民法庭庭外所要做的工作。既要审理好需要司法才能解决的案件，还要把一些乡镇、村就能消化的纠纷就地自我消化了，不致变成诉讼案件。这是我当贺村人民法庭庭长时的工作思路。思路明确了，工作安排就有头绪了。

在当时那个提倡开拓案源、把收结案多作为法院业绩的大环境下，我内心里是反对这种做法的，其做法是有点本末倒置。然而，作为基层法官的我改变现状的力量微乎其微。我是这样思考的：所有的纠纷都揽入法院，不仅使乡村干部减少了贴近人民群众的机会，也失去了关爱人民群众的机会，不利于乡村治理；也有悖于司法是正义最后一道防线的大原则，如同言多必失，案多也必失权威，更是浪费司法资源。法官疲于应付案件，业务能力也难以提高；力不从心，差错也会相应增多，于提高司法权威也不利。但这种"折腾"在当时是一种趋势，其后果有的立显，有的日后才呈现。后来出现的法院人少案多、审判执行案件堆积如山等问题，我想也是开拓案源的始作俑者所没有料想到的。

就举最典型的一起财产损害赔偿纠纷的例子。我把它称为"鹅之诉"案件，至今让我记忆犹新。人民法庭所在地的镇人大主席，在清晨散步时来法庭找我。他说："庭长，你和办案法官说一下，我哥哥和邻居打官司，就为一只鹅的事，最好调解一下就算了，打什么官司呢！"

原来，他老家哥哥的一只鹅因侵食邻居地里的菜被打死了。村里叫那邻居赔偿他哥哥鹅的损失，邻居不同意。他哥哥便找乡政府干部，干部说："他不赔，你可以到法庭起诉告他。"于是就有了"鹅诉讼"。他告诉我情由后，接着说："是一名有点秃顶、头发很少，看起来年纪很大的老同志处理的，名字我说不上来。"

他这样一描述，我就知道他说的法官是谁了。我笑了起来："这名'老同志'才三十来岁呢。"他说："这次新到法庭的，我还叫不出名字"。

死了一只鹅，都得法庭来处理，法官的头发不少才怪呢。一只鹅在当时也就价值几十元，本来邻里乡亲的，双方就可以协商解决的事，不要说到村、乡里了。现在都直接到法庭来诉讼了。案件是简单不过，但之所以造成现在这种局面，肯定是哪里出了问题，我开始思考。

自诉案件多更是一个问题，打架怎么能打出道理呢？问题靠打架来解决，还打出刑事罪名，闹到打架的人要被判刑的地步。这种行为虽是轻罪，但根源确实值得认真思考。

如当时吴村乡某村，两名村领导应自诉人的请求去晒谷场处理两村民之间的纠纷。双方的亲属却在处理过程中争吵后动手，被告人用空心铁棍朝自诉人猛击一棍，致其右肱骨中段骨折，其损伤程度为轻伤。仅这一年中，村民委员会主任、治理调解委员会主任到现场处理纠纷，当场发生争斗致人轻伤的刑事自诉案件就有两起。我觉得仅审理自诉案件是不能解决根本问题的，协助乡镇，提高村级治理能力，加强法制宣传，营造和睦、村民团结互让的风气，才是人民法庭义不容辞的责任。应制定村民公约、合理界定产权、使用权界址、普法教育等放到和发展经济、搞好生产同样重要的位置上。法庭则不能简单办案，要把办案和解开原被告双方的心结、反省各自的过错相结合，起到办结一个案件教育一片的效果，防止再发生类似的事件。

凡事不抓源头，而在其生出的各支流上多费心思，往往不胜其烦，却劳而少功。

23. 用群众语言讲法律

　　人民法庭右边不远处就是江山的母亲河——须江，从仙霞山脉流出，汇入钱塘江，最后注入东海。美丽江滨的左边不远处有座小学，学校还没有放假，而有的外出做生意的人已提早回家过春节了，其中某人开回的一辆小货车停在校园操场旁。一停多天，小学生天性就好奇，一天中午，在校吃过午饭后，三名小学生来到停放的车辆前。先是甲同学爬上了车斗，用手拉乙同学上去。之后，甲又跳下车拔出车边板插闩，继而欲重新插上而未插上时，丙同学两只手攀住拦板准备上车斗，一只脚踏上车轮往上登时，车边板翻落，丙随车边板翻落摔倒在地上，翻落的车边板砸在甲的右手食指上，致其食指末节缺失，经鉴定为十级伤残。家长找到学校，学校则认为是学生自己顽皮造成的。双方争执不下，就诉来法庭。该事件一果多因，有多名被告。我觉得审理案件解决纠纷只是一个方面，更为重要的是，学校除了教育未成年人外，还应负有管理和保护未成年人的责任。不仅如此，保护未成年人，应是全社会的责任。应就此事正视问题，让全社会关注和保护未成年人，这才是办理此案应该达到的社会效果。为此，我们特意邀请电视台制作了一期校园安全宣传教育节目，以案说法。节目播出后，社会反响很好。

　　人民法庭离老百姓近，所以审理案件时经常会听到一些质朴或粗野的声音。如有一起返还聘金纠纷案件，女方母亲也到庭。当男方陈述返还聘金的理由时，女方母亲反驳："哪有这样的事？我女儿一年多在你饭店里，白天给你洗盘子、端菜，忙来忙去；晚上，还陪你睡！好好的一个大闺女，你不要她了,难道不用给青春损失费?"男方竟然说:"我和她睡,难道就不要营养费?"这些话是无法从代理律师口中听到的。女方母亲质朴又粗俗的话语里,难道就没有值得法官思考的问题吗?在急速转型的时代,乡村发展的步伐是落后于城市的,尤其是对于年龄偏大又很少走出田间地头的人来说。法官的价值观和良心,多少也会影响案件的处理结果。

这个案件到执行阶段时,我带队去了。被执行人的母亲见到法庭人员上门,又将其女儿痛骂一顿,那语言不堪入耳。女儿脸色变青,泪水涌出,羞愤决绝地冲进房间,"嘭"的一声关上门。她母亲神情慌了,"哇"的一声喊叫起来。我们破门无果,有人急借其母搬来的木梯爬入房间,从里面打开门,夺下其女儿手中正在打开的农药瓶。有时铁一般冰冷的正义,也会杀死人,幸好我们用了温软来包裹,避免肉与铁的对撞。从这起案件足见农村保守的传统思想与现代法律还是隔着很大距离的。人民法庭不仅要适用法律,还要通过法律解释,用人民群众听得懂的语言来拉近法律与民众的距离。

24. 人民法庭的定位

工作中，鲜有人会认真思考人民法庭的定位，即便是人民法庭庭长，既有相关的规定，现实工作中也就少有会去思考的。我在贺村人民法庭时便认真做了这件事。

当时，贺村镇和横店镇一样，在浙江是开放而有影响力的镇之一。贺村镇召开的一些会议，前几任人民法庭庭长都被要求参加的，庭长去参加已经是惯例了。我则认为，应当尊重当地人民政府，但人民法庭并非所在地人民政府的一个组成部门，而是基层人民法院派出的一个相对独立的机构。法庭要办案，不可能随时可以去参加镇里的会议，何况人民法庭所辖许多乡镇。所以，我到贺村镇主要领导办公室与他交流了我的想法，人民法庭不能经常派员参加镇里的会议。我认为，人民法庭是基层人民法院的组成部门，是与乡镇人民政府相对独立又互相配合制约的机构。只有这样才能让老百姓感受到法庭的公正可信。

多年的惯例被改变，镇主要领导似乎不能接受。但随后通知了几次，我都没有去参加，也就形成了惯例。镇主要领导有次无奈地说"法庭庭长不来开会，像缺了只手似的，定下来怕法庭不支持。"有好心人把话传给我，并规劝我道："你想要得到提拔，大镇领导的话语权也是很重的。"我笑着回复他的好意："毕竟是大镇主要领导，能说这话表明领导的法律意识还是很强的。"

人民法庭不派员参加乡镇里的会议，并不是要减少与乡镇的联系，而是要通过办案之间的联动配合、平时上门的有效沟通、辖区案件审理后的反馈或司法建议，加强相互之间的联系。乡镇是基层一级人民政府，人民法庭要在职能范围内为大局服务，为中心工作服务，为当地的经济发展和社会稳定服务。这方面的工作人民法庭要依法积极配合当地政府，拓展人民法庭司法职能，做好延伸工作。确实需要人民法庭解决的问题，在职能范围内的要尽力做好。这个意识我还是比较强的，人民法庭的工作是做到位了的。

同样，因为贺村镇是经济发展较好的镇，有些单位之间有了讲排场的风气，许多单位的办公室都装修得比较好看。但人民法庭的办公室实在太过简陋，其他单位来过后都建议我们要装修一下。我想着也有些道理，办公室是门面，有时候面门也是很重要的。

于是，我打了报告交到院办公室，得到院领导批准后，把两间办公室合并成一间，改成进门接待室，里面是办公室，办公室铺上杉木地板，将沿封闭门的一边墙壁做了一排书橱。这样既花不了多少费用，简朴而大气，也不会如原先那样显得寒酸。但也仅此而已，既尊重了其他部门领导的建议，又不奢华。而且，人民法庭最主要的不是门面，而是为人民服务的真心和能力。由此我也思考过，为什么不能统一规划机关办公楼的设计呢？这样就不会有攀比和奢侈的浪费。

不依附、不攀比的结果，并没有多大的不利。当贺村人民法庭撤销时，院长去各部门走访听取意见，贺村镇的那位主要领导真诚地对院长说，他所接触过的贺村人民法庭的几任庭长中，他最信服的还是我。走访的各部门中的人员对我也是高度肯定。这说明独立而不依附、配合而有效地开展工作更能赢得尊重。因此，定位准确很重要，人民法庭的地位是靠工作来奠定。

2001年的6月，我参加了浙江大学的"法学理论"研究生专业进修班。在法律的海洋里，工作是舟，学习是舵，不断地学习是前行的动力源。

25. 人民法庭最锻炼人

当然，法官也会遭到当事人的攻击。作为人民法庭庭长要为庭里法官撑腰，树立法庭和法律的权威。但有时庭长出面，也会遇到当事人把矛头冲着庭长的情况。当时镇人民政府下设的公司开发了一个木材交易市场，一租赁户因租赁合同纠纷，经常到镇人民政府门口大吵大闹，辱骂镇长，镇政府和当地派出所都不厌其烦，但也拿她没办法，这女人撒泼的本事在当地是出了名的。这一回，她与村民委员会发生了农村承包合同纠纷。村民委员会是原告，村支部书记已经把被告的情况提前告诉我了。为了表达重视，这个案件我自己承办了。开庭审理时就见识到了她的撒泼功底，法庭上她居然把装着茶水的纸杯砸向原告，原告法定代表人衣服上都是茶水。我休庭对她进行严肃训诫，并告知这种行为依法可以对她罚款、拘留。但鉴于其表面上认识到了错误，就继续开庭。判决以后，她就更加过分了，来到法庭谩骂镇政府、村委的领导、法庭干警，第一天我们没有理会她；第二天上午她又来骂，我劝她，如果不服判决可以上诉，但她这种侮辱、谩骂行为在法律上是不允许的。正好市人大常委会副主任来视察人民法庭，她见有领导来，坐在门前台阶上闹得更凶，辱骂不绝。副主任听取情况后，问："为什么不拘留？"因为她的行为是符合拘留条件的，我吩咐庭里的法官依法对其实施拘留。等做好相关笔录，要带她去院里办理手续时，其儿子又冲上来阻挠，于是我们将其儿子也押上警车带到院里。

下午，陪同领导视察结束后，我赶到院里，得知他们还没被送进看守所，那女人的儿子被送去医院了。原来，院长决定对其母子二人拘留时，其子做昏死状，法警赶忙将其抬上车送到医院。几项检查结果已出来，我特地去医院找到副院长询问病情，他看了结果说："没有病，是装的。"我就放心了，也就有了办法。他身上带的一百多元也用完了。我询问他："身体最要紧了，我们要为你的健康负责。你钱不够了，打个电话看看向谁借？把身体全面检查一下。"一听到要再付钱检查，他也不装了。"我没病，我不检查了。"法警大队长说："你没病！我们几个人抬你、背你，手酸背疼的。"

拘留出来，她也就再也不敢到镇政府、派出所和法庭来闹了。但是，她换作不断地信访、写信了，她说"人大主任唆使法庭庭长欺压百姓"。一直信访了两年，之后，因无趣而结束。

因为人民法庭远离法院，就需要庭长独当一面，独立处理一些棘手问题。当然，这也能培养一个人的魄力和能力。

然而，变化比我想的还快。我搬进新办公室不到两个月，时间就跨过2001年了。2002年元旦上班后，市人大常委会任命我为江山市人民法院民事审判第一庭庭长。也就在这一年，最高人民法院要求，必须距市区四十公里外才可以设人民法庭。又过了多年，人民法庭的建筑大楼也都规范化、标准化了，不用庭长再在这方面操心了。

随着我回到院机关，之前我工作过的贺村、淤头和其他两个人民法庭，到2002年年底也都完成其历史使命了，因为他们都距派出它的法院不到四十公里。只保留了峡口人民法庭，坐落在周围是大山里面是一马平川的小盆地的镇里。不远处有起伏连绵的仙霞山脉和神秘的"戴笠故居"；再沿公路进去，两面大山中间是一川平地，中流一溪清水，沿溪一边的一条街上簇拥着壮观的青砖黛瓦房屋，房屋为完好的明清古建筑，还有西洋建筑，可算得上宝贝了。这就是"文化飞地"——廿八都，这都是旅游的好去处，也是"AAAAA"级景区。

我说这些,是因为我刚离开人民法庭不久,五个人民法庭中只留下一个峡口人民法庭;而我退休前的两年,却又增设了三个人民法庭,条件和设施与当年相比,真是不可同日而语了。历史就这样螺旋式前进,过去的却成为了美好的回忆。我还是怀念当年的人民法庭,能让我去做一些想做的事情,施展点法律人的小小抱负。

第 7 章

民事审判第一庭庭长

26. 难案是心里犯难了

2002年1月5日、5月29日，市人大常委会任命我为江山市人民法院民事审判第一庭庭长、审判委员会委员。我感觉到担子加重，因为这两个职位，都需要过硬的业务水平和综合能力。

我开始研习德国民法、民事诉讼法的相关经典著作。以此为基础，也学习了英、法、美国家的法律，觉得对我加深对国内的法律精神和法律内涵的把握大有益处。它们对概念及相关问题的表述确实十分严谨，而且有坚实的理论基础，使人对原理性的问题更容易理解。

人民法庭的案件疑难复杂程度相对低些，而民一庭面对的是全市的大案要案，因此疑难复杂的案件就多些。我为了挑战自己，也是基于庭长的职责，在制定庭内岗位责任制时，加上了如下规定："承办法官认为疑难复杂的案件可以移送庭长审理。"这在各庭责任制里是独一无二的规定，但实践下来并没有想象中那么困难，反而提升了我的审判业务能力。

新任业务庭长后我要紧迫解决的两个棘手案件，一个是19户农民因假种子受害而提出的财产损害赔偿纠纷案件；另一个是人身损害赔偿纠纷案件。财产损害赔偿纠纷案件是1月初立案的，我2月就审结；人身损害赔偿纠纷案件争取3月审结。因为这两个案件，一个是涉农案件，人数多又着急；另一个是审理时间拖得有点长了。

2000年8月，被告将江山市种子公司委托制种的水稻种子（品种名称保密），种植收获后私下截留了部分，以"协优46"按每公斤11元的价格，卖给其岳父同村的部分村民，其中卖给原告（19户村民）的数量为26.15公斤。2001年种植后，这些农户发现水稻提早抽穗，便两次找被告协商，除两户到被告田里移栽秧苗重植外，其余的村民均协商未果。之后，经市农业执法大队、江山市种子公司有关人员会同村镇干部召集双方当事人进行调处，经鉴定，双方确认：单季稻平均亩产损失200公斤，双季稻平均亩产损失350公斤，每50公斤稻谷计价55元。但双方达成赔偿协议后，被告并没有履行协议约定的赔偿义务，这引起村民的强烈不满。最后，19户村民向法院提起诉讼。

法院及时判决，有利于防止事态的扩大，平息纠纷。我意识到，平息农民的激烈情绪，最好的方法就是尽快审结案件。该案件诉讼是基于同一事实引起的，有共同的被告。我把原告当事人合并作为一个共同诉讼案件，并指导19名原告推选代表人进行诉讼。原告坚决不同意调解，因为这些村民对被告已经失去信任。判决案件事实是清楚的，关键是责任分担要双方都能理解和听得进去。被告也是农民，也缺乏法律意识和科学知识，一时贪图小利，赔偿数额于他也存在是否能承受的问题，需要适当平衡，赔偿和教育相结合。法律对原、被告双方是同等保护的。通过庭审，我找到了分担责任的平衡点。判决的结果，在抽象的主文后另附了表格：被告赔偿各原告的具体数额。我采用表格的形式，每项都可以让他们看得清清楚楚。这样每个人拿到判决书时，自己得到多少赔偿数额，其他人又是多少赔偿数额，直观且可相互比较，公开透明。最后原、被告对判决结果都很满意。

这个案件判决后，我再次进行了案例宣传，生动地宣传普及了《中华人民共和国种子法》。用鲜活的例子告诉广大农民，种子关系到农民辛苦一年后的收成。购买种子不能随处购买、贪便宜，出售假种子更是害人又害己。农业部门和种子公司也由此加强了对种子、制种的管理。

紧接着，要重点审理人身损害赔偿纠纷案件了。该案是"'6.8'杀人焚车事件"后果的民事案件处理。人命关天,这在小城市里可是影响很大的事件,社会关注度很高。又因为双方当事人亲属中都有在地方上担任一定的职务的人。原告这方其中一人是本市某局的局长,被告这方的一个亲戚是本地级市实职副厅级领导。因此,案件于2001年8月初就立案受理了,前任庭长开了一次庭就搁置了。直到2002年1月,庭长交接后,案件才移送到我这新任庭长的案头。

案件基本事实是这样的:因某局单位驾驶员(作案人)报考技术职称没有被同意,该驾驶员认为局长不同意是局长之妻的原因。局长发现其有情绪找其谈话后,该驾驶员就迁怒到局长之妻身上。离开局长办公室时,狠狠地甩下"去死"两个字,后驾车出去准备了菜刀、装满了汽油的塑料壶等作案工具,然后到局长之妻(被害人)的工作单位将其骗上小车,开至公路上将被害人用刀砍昏,并在车内浇上汽油焚车,作案人与受害人均被烧死。

受害人的丈夫、儿子、女儿作为原告起诉,要求加害人的妻子、女儿、母亲在加害人的遗产范围内承担损害赔偿责任。

该案的现实问题是,原告是被害人的丈夫、儿子、女儿;被告是作案人的妻子、女儿、母亲。一方是失去妻子的丈夫和失去母亲的儿女;另一方是失去丈夫的妻子、失去父亲的女儿和失去儿子的八十岁老母亲。这真的是人间悲剧。审判该案除了法律的正义,还需要人间的温情。暂时撇开犯罪这一事实,伦理上双方都失去了至亲的亲人。双方各自的悲痛和怨恨像是两个都装满了火药的桶,稍有不慎就会有触发爆炸的危险。这才是审理此案的难点。我认为拖着不办理此案对当事人来说是种煎熬,也是不负责任的做法。

我新到任,庭里工作千头万绪,一般案件正常排期,特殊案件可以优先考虑排期,所以就将此案安排在3月开庭了。其间,双方亲属并没有像前任庭长所担心的那样前来干涉案件,我觉得双方是相信法律的,因为没有哪一方单独找过我,我也没有感受到特别的压力。

庭审后，鉴于案件影响重大，合议庭将该案提交本院审判委员会讨论。4月中旬定期公开宣判。宣判后双方服判，案件办得还是很顺利的。

所谓难案，其实质是法官心里犯难了。法官如果内心坦荡、公正无私，则又何畏何惧？如果有了私心杂念，就会畏惧，不敢作出判决。越拖，当事人越想早点得到结果，就会出现请托的现象，而因为请托又增加了法官心中的杂念，作出判决时就会更畏首畏尾、左右为难。但如果把案件仅仅看作案件，唯以法律和公正对待，则有何判决之难呢？正因为有了私心，心中的公正被遮蔽了，法官的正气就减损了。这样本来并不复杂的案件，在一些法官手中就真的成为"难"案了。

27. 司法被动中见能动

一位退休教师因自己的职称问题没有得到解决，又因其儿子开饭店，他的干女儿去儿子的饭店帮忙，晚上住宿在他的家里。时间一长就有了些风言风语，他疑心是原学校的两位在职同事密谋陷害他，认为这两名教师指使他人偷看他的日常生活，并捏造他与干女儿有不正当男女关系，还写了诬告信通过学校送到市教育局，使他蒙受不公正对待，职称也没能解决。他感到非常痛苦，遂无数次要求市教育局给他解决问题，并不断信访。市教育局局长被他搞得焦头烂额，告知他查无实事，可他又不听劝解。一天，市教育局局长来到法院找我，商量教育局能否通过引导他向法院提起诉讼，让法院通过审判把这退休教师的心结化解。市教育局局长无奈地说："要不然，他坚持认为是那两位教师诬告他，教育局不给他处理。他就三天两头到教育局纠缠，没完没了。"

就这样，一个捕风捉影、无充分证据来证明事实的案件来到了法院。本案并非真实发生了纠纷，是借民事纠纷的诉讼达到息访的目的，在于解决第三人或第三事的问题。因而引导原告起诉，在诉讼过程中解决本源问题。这种情况在现实中存在而在教科书中不曾有。

这个案件由我独任审判，因涉及个人隐私，进行不公开审理。鉴于市教育局局长提前相告的："这人（本案原告）到我办公室一讲就要讲半天，不讲完不走。"我庭前就明确告诉本案的两名被告，法庭会给原告陈述时间充分些，这不是偏向原告，而是解决案件的需要，以取得两名被告的理解。

开庭先由原告陈述。原告带来了一张白色的、薄薄的、足有半米见方的写满字的硬板纸。他读了近一个小时才读完正面。我耐心地听着，不时询问一句，以打破法庭上的沉闷。原告带着极大的满足朗读完了那大大的硬板纸上的正反两面文字。从这张硬板纸的磨损程度上，就可以看得出在被不同领导接待时其至少已读过十多遍了。被告答辩很简单：并无原告所说的事，也不曾做过。法庭也出示了原告申请本院向市教育局调查的证据，也证实不曾收到过原告所谓的诬告信。于是当庭宣判：

本院认为：谣言止于智者，身正不怕影斜。老年人更应淡泊心境，宽广心胸。凡事心生疑虑，易生郁闷不能排解而自损身心健康。公民享有名誉权，但原告主张两被告侵害其名誉权，要求赔礼道歉、消除影响，并赔偿精神损害抚慰金的请求，依据不足，本院不予支持。

判决驳回原告的诉讼请求。

原告服判。之后，市教育局局长说："判决后他就再也没来信访了。"其实，通过正当司法程序，在法庭这样严肃的场合，法官、两名被告都认真地听完他整个陈述，他感觉得到了充分的尊重，心中的郁闷消解了。法庭证明被告没有写诬告信，原告主张的事实无证据证明。那么，他也就不存在被诬陷之事。所以，案件判决结果对他是有利的，他心里释然，心病也就没了。多年后，我参加省高级人民法院组织的心理咨询师培训班，才知道我通过审理案件，治愈了原告心理上的疾病。

公安局也会碰到令人头疼的事。2001年12月17日，市殡仪馆接到通知，从市人民医院将一具因交通肇事死亡的尸体送到殡仪馆进行冰冻保存。18日，死者的父母、妻子前来确认死者身份无误。之后，市公安局对该尸体进行检验，于2001年12月25日通知家属来拿火化证明，但遭到了死者家属的拒绝。殡仪馆多次要求火化，并向有关部门打了报告，却一直不能火化。公安局来协调如何通过法律解决，殡仪馆提起了民事诉讼。该案在诉讼过程中，我与公安交警大队的领导共同做家属的工作，2002年8月18日尸体得以火化，案件最终调解结案。

举出这两个案例是想说明，司法是被动的，但发挥司法职能可以是能动的。其职能的有效发挥，是能够解决一些社会问题的，也就是现在讲的"遇事找法，解决问题靠法"。法律是刚性的，在运用法律解决具体问题时，要揉进法律人的柔情，让司法有温度，通过人情的温暖使当事人变得通情达理。

28. 形式慈悲会损害正义

一年看花时节易过，春的脚步一不小心就踩着夏的热情了。到 6 月底，学校也就放假了。夏天热情如火，人们就更亲近水了。水火无情，每年都有玩水丧命的，也就有了把管理水的机构或者单位告上法庭的情况，不管有无其责任，死者家属都会提出要求，要求其承担赔偿责任。此类诉讼到了法院，为了息事宁人，之前的判决多少都支持判赔一些。我则思考，死者虽值得同情，但要珍惜生命，就要分清责任，不能和稀泥。和稀泥的做法，看似慈悲，其实这种形式慈悲会损害正义。多多少少，淹死的人的家属都能得到些赔偿，这是对安全的放任，对生命的漠视，要想改变这种现状，就要加强危险性的防范。

这年的 7 月底，已有一件起诉被法院受理了，案件分到我的手上。事件发生在 6 月 22 日下午，某镇中学开始放暑假了，但学生并未全部离校。镇的周边群山环绕，深山里边有江山库容量最大的峡口水库，峡口水库在夏天是要放水的，通过东、西干渠道灌溉江山的大片农田。渠道绕校园后门围墙边而过，水清澈活泼而又散发着丝丝凉气。在途经学校段设有警示牌："珍惜生命　严禁下渠。"学校也进行过这方面的教育并与学生及家长订立《安全管理协议》，除此之外，学校还设立了相关安全制度。时间已是下午的 6 点了，未离校的高一年级的三名同学知道如果在校园旁下水会被发现，就相约去到距学校 500 米远的渠道里游泳。那处渠道有台阶下水，两名同学游了一会儿，上了台阶。站在台阶上看的那个同学水性本不好，但经不住两位同学劝说，也一起下水了。这名同学一下水就溺水，两名会游泳的同学慌忙去救助，终因水流湍急，渠道垒壁光滑，除一名学生爬上岸呼救外，另一名施救者和被救者一起被水流冲走，通过下游约 100 米的暗涵，后在约 2.5 公里外的电站闸门处才找到两人的尸体。

本案经我开庭审理后，判决认为：渠道的作用是以排水灌溉为主的，该渠道是为灌区农业生产服务的，这点无可争议。要求对作为农业基础设施的如此之长的渠道设置防护栏和在暗涵处设置防护栅是不现实的。水利科学理论上无此设计要求，在现实生活中也非必要。原告该主张依据不足。死者作为年满 16 周岁的高中生，以其智力是能够理解的其下渠道游泳的危险性，况且学校已进行多方面的教育和采取了多种保障措施，也促使其有深刻的认识。原告之子这种因自身行为而不幸造成的损害后果，被告没有过错，也无法律规定其应承担侵权责任，故不应承担责任。

该案判决驳回原告诉讼请求。不仅得到了社会的理解，也更进一步地加强了家长、学校对学生的安全教育，提高了学生自身的安全防范意识。浙江省水利厅还把该案例作为宣传教育的典型案例，发给水利系统学习。

生命是最值得珍惜的，安全防范意识也是要加强的，关键是要设立思想上的安全防护栅。任何掉以轻心、不负责任的行为，承担后果的只能是自己和亲人。

我担任民事审判第一庭庭长审理的最后一件较为典型的案件，是一件医疗服务合同纠纷案件，也是我印象较深的民事案件之一。两原告为一对夫妻，丈夫是一名初中语文老师，他做事非常较真，连个标点符号都能和人争上半天的对错。

这位老师遇上的不幸的事是，其妻发现怀孕后，于 2001 年 11 月 19 日开始定期到妇幼保健院检查，并将每次的检查结果都记录在《孕妇保健册》上。2002 年 7 月 30 日，其妻按预约去做孕期检查，结果显示一切正常。7 月

31日12时，孕妇觉得下腹不适、伴解大便感，上厕所时见内裤有暗红色血。14时其妻去另一家医院进行B超检查，结果提示：双死胎。15时，其妻又回到妇幼保健院检查，检查医师告知一切正常。但按孕妇的要求进行B超检查，B超提示：胎死宫中，羊水过少。17时40分，保健院以"孕36周，胎死宫中，羊水过少"收住其妻住院。第二天3时20分，自分娩双死胎。

就这样，原告以保健院检查时疏于谨慎注意义务，要求赔偿，并经江山市消费者协会调解无果。遂向法院起诉，要求赔偿损失，并赔偿精神抚慰金3万元，期待利益（诉称陪伴双胞胎成长的过程中，享受的天伦之乐）损失15.8万元。

该事件经医学会医疗事故技术鉴定：宫内死胎但两次检查结果仍为正常，属于院方医疗行为缺陷。根据院方B超检查及产妇分娩的双死胎所见，属宫内死胎，死胎原因错综复杂，目前仍系产科难题，但非院方的检查行为造成，鉴定结论是，院方的医疗行为缺陷与死胎之间无直接因果关系。本案件不属医疗事故。

鉴定报告出来，痛失爱子的父亲就写信给市委书记，并信访告市医学会鉴定不公。还专程到福建、上海咨询专家，并聘请了上海的律师。之后，又解聘上海的律师，聘请了杭州的律师。

原告的过分主张，在本案中当然得不到支持，但被告的医疗行为缺陷，确实给"痛失爱子"（原告诉称）的父母带来心灵苦痛和精神折磨，其赔偿精神抚慰金的主张有合理之处，可以酌情给予一定的赔偿。最后判决被告给予原告精神损害赔偿计人民币2万元，驳回原告其他诉讼请求。

鉴于原告信访因素和个案的情况，我认为适度公开此案能更好地消除其心中郁结，使其能够接受判决。所以，宣判后，我接受浙江人民广播电台的"浙江热线"专题采访。这样，通过更大范围的判后释明，能够起到很好的法律效果和社会效果。原告一审判决后，既没有上诉，也没有再信访。

本案针对内心痛苦、情绪纠结的原告，我在审理中并没有单纯地依靠冰冷的法律，而是以慈悲之心，对其进行热情的疏导和劝解，以同理心对其进行关心，要其夫妇接受现实，相信科学，理性对待。不管是面对现在的生活，还是将来再生育，都要有乐观的心情，才会有光明的未来。对相关法律作充分释明，让其能切身感受到公正。最后，原告接受了判决结果。虽然原告一开始对妇幼保健院、医学鉴定机构心存抱怨，对自己聘请的律师也多次更换，但对法院没有意见，对判决是信服的。

法律是通过法官说话的。法官的行为、态度、语言、语气，最主要的还是对判决结果给出有说服力的理由，使当事人对公正有深切的感知。他信了，他才服。因医疗行为缺陷，而给予原告精神损害赔偿，这是真慈悲，医务人员是救死扶伤的职业，业务更需要精益求精。

29. 民事主体平等要落地

都说人民法院的工作要围绕中心、服务大局。司法是被动的,但被动不是不动,而是依循法律而动,动而不越规矩,动而适应变化了的社会,动而实现社会目的。也就是在司法职能范围内,依法灵活地处理案件问题。法院处理的问题都是能转化为案件的,然后在诉讼程序中予以解决。不是离开司法程序混同行政手段去解决问题,那样,就有悖于人民法院的职能定位,是做了不当的事。同时,要真正做到官民平等,不能亲向官员而欺压公民,也不能无原则迁就不守法的公民。

2002年到2003年,江山市人民政府开始描绘城市建设史上的一大笔——鹿溪路前期的拆迁工程,旨在建设一条江山城区最宽广的主街道。这在当时是存在争议的,到底有无必要,是不是浪费土地?最终市里还是统一了意见。拆迁总体顺利,基本都签订了拆迁协议,但总有个别人不签订或不履行协议,经过反复做工作仍不见效,最后这些案件就诉到法院来了。

作为民事审判第一庭庭长,我主动承担了此类案件的审理任务。对这类案件我心里清楚其具体要求:"一要快,不能因个案判决而影响到已履行的被拆迁人,造成整体利益不平衡;二是这类大拆迁,要体现民事主体平等,支持政府不是偏向政府,需要拆迁但不可以损害被拆迁户的利益。"我采取了深入现场察看、倾听诉求、实事求是,确实合理合法或能够照顾的诉求,协调原告提出政策允许的解决办法,在满足政策的情况下,满足被拆迁人的诉求;对于被拆迁人提出的不合理诉求,依据相关政策和法律予以解释清楚,绝不含糊其词。合理的诉求被满足后，能够及时腾空或者拆除的，立即腾空或者拆除。这种情况的，原告以被告已按《房屋拆迁协议书》履行为由，要求撤回起诉，裁定撤回起诉的案件有 7 件。对需要给予一定时间，原告才能满足被告（被拆迁人）合理要求的，则以调解方式结案，调解书中确定具体拆迁的时间。这种类型送达调解书的有 8 件。

总共 15 件拆迁合同纠纷案件。无论是身体有特殊障碍的盲人，还是公认的性格暴躁特别难沟通的几户被拆迁人，通过我们实实在在地做工作，有的立即主动搬迁，有的确定搬迁时间，没有一件案件是判决的。这些案件的处理，不仅得到市政府肯定，也赢得了群众的赞誉，依法保障了拆迁工程的顺利进行。案件的顺利解决，靠的是坚持民事主体平等，被拆迁户感觉到法院是公正的，没有偏袒政府，是依法替被拆迁户说话，是认真对待他们合理诉求的。

值得一提的是，过程中也有花絮，有一个房屋拆迁合同纠纷案件，被告律师提出，江山市鹿溪路改造工程指挥部，负责人系政法委书记，任总指挥，因此提出要求整个法院回避。当然，最终法院没有回避，该案也调解结案了。

民事案件大多是家长里短的事情，但无不关系到涉讼的每个家庭。对于法官来说，平平常常的一个案件，这些事情是天天面对的；但对于当事人来说，却是有人一生中唯一遇上的大事情，而且关系到其家庭的安宁。给我留下深刻印象的一对被告夫妻，男的骑人力三轮车运送旅客，女的在街头放一个冰柜卖雪糕。男的是到女方家中生活的，岳父母及其儿子与其签订有类似遗赠扶养的协议，就是由被告夫妻照顾岳父母，三间平房中的一半归儿子，另一半归被告夫妻所有。但只写有协议，没有办理房屋产权证。多年来，都是被告夫妻照顾两个老人，日子过得辛苦、平实，但还是幸福的。后来，按民间的说法，被告夫妻已经把岳父送上山了。然而，平淡的日子也有起风波的时候，城区改造，该房屋迎来了拆迁。老人的儿子看到原本不值钱的平房竟变得如此值钱，又想到母亲余生根本就用不完拆迁安置补偿款，遂怂恿母亲解除遗赠扶养协议，由自己赡养母亲，按农村旧习俗，出嫁的女儿是不能回娘家分得父母房屋的。于是缺乏主见的老母亲受儿子的蛊惑就把女儿、女婿告上了法庭。

　　这使得不懂法律又没有文化的被告夫妇内心非常不安和恐惧。我去送副本顺便看下现场，他听完内容，木讷地接过诉状副本说："如果不给我房子，我一家住到哪里去？"我理解这对忠厚夫妻的心情，那不知所措的表情让我无法忘记。法官是公正的，不能偏袒一方，但法官不是没有同情之心的人。老人的儿子不能这样见钱不义，老人也不应重男轻女没主见又见钱眼开。但这些只是法官当时自己的想法。

　　然而，法律的规定也不是老人儿子说的那样。在案件的审理过程中，我讲明法律的规定，动之以情，晓之以理，最终他们达成了调解协议。调解书送达后，这对夫妇的生活恢复了往日的平静，继续照料好老人，与舅子一家的关系也得到改善。

　　案件办结，事就消了。但在往后几年时间，我在街上行走时，如果遇着这三轮车空着，总会停下，招呼我："拉您一段。"走过新华书店的转角处，其妻子总会说："吃根冰棒。"虽然我都是拒绝的，但也领会到其真诚好意。这件事说明，法官公正办事，平等待人，就会得到更多人的认可。

30. 通过考试进法院班子

2003年7月，因人事变动，院里要提拔两名领导。这次和以往的不同，不是外面派来的，而是内部产生，采用推荐和考试、考察结合的方式。市委组织部规定年龄须在40周岁以下，特别优秀的年龄可以适当放宽。这一年，我已经41周岁了，但院党组特别推荐我参加市委的选拔考试。这是个难得的机会，因近十年来，经本院提拔被任命为院领导班子成员的只有3个人。而且每次竞争都非常激烈，其中两位认为自己最有希望，到了互相争斗的地步，最后因影响不好，为第三者胜出铺平了道路。我则淡然而珍惜、静待而不追逐，只是认真准备着。

时间很紧，就星期天可以看下书，周一就要考试了。我从不打无准备之仗，事前做些准备还是必要的。对事情的结果不要汲汲以求，也不能是无所谓的态度。星期六上午，院里有同事多次电话邀请晚上聚餐；下午另一同事又来电话说一起喝个酒。我心里清楚，这两天是唯一可以用于准备考试的时间，不能为了喝酒把它浪费掉。

当事人的饭不能吃，代理人或者其他与廉洁纪律规定相悖的饭不能吃。然而，同事邀请吃饭也并不是都能去的。何况我又是一个不爱凑热闹、不爱聚餐的人。不去是正确的决定，静心准备考试是当下应做的。

最后考试成绩公布，我取得第一名。不能说是否提拔一定取决于考试的分数，但组织采用这种选任方式，就说明考试的分数也是很重要的。因不在意或是失手而导致考试不利，那不是组织的意图，是自己把机会放弃掉了。

人于无时不强求，机会来时要求有。

2003年8月22日，江山市人大常务委员会决定任命我为市人民法院党组成员、纪检组长。

进入法院的班子，看似第一步我是通过考试的。但我知道这是组织程序中许多环节中的一环，之前无数次的工作中的考试都要比这次的分数重要。这次卷面考试无非要公布分数而已，既可以从高分到低分划定考察对象，也可以及格分以上的都进入考察环节。这是一种机缘巧合，简单又复杂，一句话能说明白，一本书也可能讲不清。

庭长工作结束了。我的体会是，人民法庭庭长要求比较全面，一个人民法庭类似于一个小法院，是法院联系乡（镇）村的桥梁和纽带，方方面面都要考虑周到，对法院形象尤为重要。人民法庭的地位就是人民法院的地位。民事审判第一庭庭长，则要业务精湛，善于把握大局，通过调解和判决体现法律的公正，引领社会进步，为指导人民法庭工作提供本院同案同判的典型案例，通过典型案例的宣传让人民群众感受到司法的公平正义。因此，院里业务庭庭长至少要成为一个部门法的法律专家，有一定权威，这有利于提高法院的地位、法律的权威，促进地方的法治建设。

一个单位进入班子里的毕竟是少数，何况人民法院这种性质的机构与外界干部交流很少，有也是派进来的多，交流出去的少。一般高院派到中院，中院派到基层法院，基层法院无处可派，只有交流到政府部门或乡镇，然而许多法官又不愿出去，所以在基层人民法院要被提拔为一名院领导是很难的，任一把手的更是凤毛麟角。基层法院班子领导干部的任命往往会受到较多的关注，人民群众当然会有更高的期待和要求。

第8章

纪检组长兼执行局局长

31. 厚德载物成就人

2003年8月22日，市委决定任命我为江山市人民法院党组成员、纪检组长；9月25日，市人大常委会任命我为执行局局长。执行局局长要报中院党组同意，才能报请人大常委会任命。前任执行局局长是副院长兼任的，由我兼任纪检组长和执行局局长，也是市委针对法院当时的特殊情况的特别安排。目的是更好地整肃执行队伍的风气，打造团结干事、规范执行队伍。

院领导班子调整到位，接下来就是中层干部调整。在两个多月的时间里，我是纪检组长兼执行局长，同时又是民一庭庭长和执行庭的实际负责人，当时执行局副局长兼庭长因故被暂时停职了。执行庭在第三楼层、民一庭在第四楼层、院领导在第八楼层办公。那时，重要法律文书是要院长、局长、庭长逐级审核签发的；执行的请示、汇报、审签法律文书的事务更多，尤其是大要案的执行或集中执行时，还得具体动员部署，坐镇指挥。我几乎是每天在三个楼层转，三个楼层的办公室都要轮流地坐一下，应接不暇。

有一次院长问我，我把实情告诉他。他笑着说："要学会十指弹钢琴。"

其实，我说的是我的真实感受罢了。以我自信不服输的性格，能兼顾过来而且有能力做好。"十指弹钢琴"的比喻对也不对，因为，弹出能听的曲调是容易的，但要弹出高水平的就不简单了。可现实是要求我要弹出高水平的曲调呀！我始终认为，工作的苦不是用来向人诉说的，而是真真切切用心来品味的，在过程中坚毅地忍受、充实地享用，撑过去了就是一片蓝天。

9月中旬，经过考试、演讲、测评，中层干部选拔到了党组讨论确定人选阶段了。这时，纪检组长的实质性工作来了，在测评前有人举报一名竞争中层副职的同志有问题。这是我担任纪检组长后接到的第一件举报，纪检组马上着手进行了调查，查明确有其事，此人不宜担任中层干部，纪检组行使了一票否决的权力。关于如何处理，纪检组提交意见到党组讨论，党组讨论后决定：严肃对其谈话一次；分管领导、庭长对其加强教育。应当说，基于当时的环境，该处理方式既严格执行了纪律规定，也是很人性化的。

人一生中不可能一点错不犯，改正了就是好同志。纪检工作要避免一棍子打死的简单做法，要做到"惩前毖后，治病救人"。当然，若是严重违纪，那就不能姑息了；违法当然就要依法移送了。

9月底，中层干部通过了市人大常委会的任命。民一庭、执行庭庭长到位后，我的主要精力就可以放在纪检工作和执行工作的总体规划上了。

纪检工作，日常听到的、看到的或者接到举报的，要用心思考分析，需要核实调查的要及时核实调查。能够早发现、早提醒、早处理，就是对同志最大的帮助和爱护。绝不能搞所谓的"等猪养肥了再屠宰"，那是极不负责的，是害人害己。做纪检工作的同志，不仅要警钟长鸣提醒人，也要厚德载物成就人。

纪检工作例会每季度照例召开一次，由中院纪检组组织、各法院轮流主办。纪检组长们都期待例会，在例会上汇报工作、交流经验、布置任务，会议开得严肃而活泼。纪检工作是严肃的，但我们一群纪检组长是活泼的。那时，如果是开两天的会议，白天会议上大家都很严肃认真，查摆不足，下步措施，交流经验，提些建议。晚上大家可以喝酒、打牌娱乐，中院纪检组长在对家出不好牌时的口头禅："你这人如果会打牌，麻雀都会走路。"于是，我们都开心地叫他为"麻雀王"。足见我们在严肃工作之余，也各有乐趣，体现了"团结、紧张、严肃、活泼"。

我们纪检组长常说的一句话："我端着枪，五十步之内，你不要撞到枪口上。"那话的意思是，纪检组长的眼睛时刻都盯着身边的人和事，一发现不好的苗头就要出手铲除，让你小事就被捉住而脸红，不敢再去犯大的错误。五十步之内就出手，这是我们当时做纪检工作的理念。纪检工作是治未病，大病是司法部门的事。

当事人举报一个副庭长接受吃请收礼的问题。纪检组进行了调查，当事人反映的吃请问题是存在的。我带监察室的同志，就到所指他接受吃请的饭店去调查，被举报人是来吃过饭的，指认饭局参加人员中有代理过该副庭长承办案件的法律工作者，但案件早已审结。调查结论是：该副庭长"同法律工作者没有保持恰当距离，引起不良反映"。决定对其谈话一次，扣一个月的作风建设奖。那时，饭局是较为普遍的现象，但法官参加还是有许多禁忌的，吃当事人的饭是要受处罚的，吃代理过承办案件的代理人的饭也一样。

这位副庭长当时还有点想不通，说该饭局又不是该法律工作者请客。但纪检组就是要通过这件事告诉全院的干警，有当事人参与或和曾经是代理案件的律师（包括法律工作者）一起吃饭，是绝不允许的。发现一起，处理一起。因为接受吃请了，就说不清道不明。我们做纪检的称为——严管厚爱。经常给鸟洗澡，不是为了将鸟浸湿而是珍惜羽毛，让其飞得更高。

32. 善于处理事而不是处理人

纪检组长是一种"劳心且令人讨厌"的职务。我们在每个庭、室都安排副职或正职兼任监察员,也就是纪检组的耳目。他们知道了昨天谁在什么地方喝酒,一般也会报告。我作为纪检组长对出入酒店(或娱乐场所)的,第二天遇见了其人,也总要提醒一句。这样他(她)会解释去的理由,如果是编的也就不敢多次重复同样的内容。这种警钟长鸣的做法,其实是对干警最大的爱护。

对干警近亲属开饭店、娱乐场所、大众消费场所的情况,院里把它作为重大事项的报告内容。该报告却不报告的,发现了就会被处理。从内部提醒到外部防护隔离,纪检组建立了一整套制度。

院长是组织上从衢州市人大常委会挑选来想干事的年轻人,班子里又新提拔了两位党组成员。风气是很清新的,规矩也定得严明。院办公室主任因一份重要文件延迟了几天传阅,被警告处分一次。有一次,楼层多个办公室失窃,院长自我检讨:院长管理有责任,扣发一个季度的行政管理奖。我记得有一次我下班回家迟了,忘记把办公室的灯关了。晚饭后,保安人员巡查发现就打来电话。我马上骑自行车回办公室把灯关了。就这样,再小的事也不放过,从自身抓起,人人做好。人人都整肃精神,廉洁做得好,干事的氛围就更浓厚了。

纪检组并不是只处理内部的事,也有很多外部的事要处理。外部事其实是内部人员在外部生出的事。一般由信访接待,梳理出需要纪检组处理的问题。

一天，有两姐妹来到法院。妹妹反映：她被执行人员扭起了胳膊，致她嘴巴啃到泥里，衣服也被扯破了。姐妹异口同声："这事不处理好，我们就同法院没完没了！"

接到报告后，我就下楼去接待她们，严肃向她们指出："只有法院把没完没了的事处理好，没有谁可以同法院没完没了。"

对于一开始就大吵大闹的信访人，要先让其归于平静，得先用言语安抚或者给其泡杯茶，让其冷静下来。然后，再听来者反映问题，进行交流。这样做显然比一味讨好、先就没了底气的交流方式有效果。接待时要真心待人、耐心倾听，对就是对，错就是错，不能没有是非。法官的语言不能模棱两可，要让当事人听得分明：咆哮、恶闹毫无意义，不能使无理的成为有理；有理的不会因为好好说话，就会成为无理了。话可以说得委婉，理不可以不去挑明。凡是接待没有效果的，大多是出于应付，回答模棱两可，把应当解决的事拖延不办，没有可能的事却给信访人以期望。致使重复信访，甚至发展到闹访、缠访。

经过调查，两姐妹所反映的情况属实，执行法官确实存在执行不文明、作风粗暴的问题。其儿子作为被执行人逃避执行，信访人有义务配合执行，当执行人员向其询问其儿子去向时，她不仅不配合还过激谩骂执行干警。执行人员拉她胳膊是想让她从田里上来，陪同执行人员去把家门打开。她却一用力，执行人员随势一倾，她就失重头点地了，袖子也裂了。我说："根据你反馈的情况，执行人员确实存在粗暴的不文明行为。我代执行干警向你道歉。这种做法是不对的，我会严肃批评教育。但你儿子拒不履行，你作为母亲与其同住也有配合执行的义务，你这种不配合还谩骂的行为也是应该批评的。文明执行是我们应当做到的，但法律有强制性，希望你儿子自觉履行。"她也认识到自身的错误表示不再纠缠，愿意主动配合执行。

33. 主动面对就少了被动应对

作为纪检组长兼执行局局长，我也做过到信访人家里，代表法院道歉的事。有一个调解案件，调解内容为：被告主动剔除种植在其屋前、邻居屋后的树主干上伸向邻居窗沿的树枝。规定期间内被告没有主动履行，原告申请法院强制执行。执行人员前去执行，原、被告没有在家，执行人员认错位置走到信访人家，问为什么不履行。信访人家里就一个年近六十岁的妇女（信访人）和她的婆婆，没好气地回答："剔什么树枝？要剔你们自己剔！"执行人员认为其态度差，批评后，就亲自操刀将屋前几株伸向前屋窗沿的树枝砍去。之后才知道，法院无缘无故地把她种的树枝砍掉了，她不是被执行人，树也与申请执行人没有关系。她闹到院里来，说法院无故砍她家的树枝，还惊吓到她婆婆。我邀请上镇里一位领导，这位领导同她丈夫（另一镇领导）的关系较好，一起到她家做工作。我代表法院对执行行为错误表示道歉，并赔偿她100元钱，化解了这起明显执行对象错误的信访件。

远的也到过外省去处理信访件。执行人员前一天刚到邻近省执行案件，上午院长就接到电话，反映去的执行人员打人。院长告诉我后，我带上执行庭庭长等人当天就动身赶往执行现场去处理。听取了执行人员汇报，并询问相关细节。

第二天，我们先到当地法院，该法院执行局局长告诉我们，执行人员事先联系了当地法院，他还亲自协同前去执行。我们在调查笔录里记录了他的陈述，执行程序合法。

之后，又到当地派出所，所长则不客气地说："到我们这里来抓人，都没告诉我们。"我告诉所长："这是法院在执行案件。可能所长不接头，我们去问出警民警就知道情况了。"所长把我们引到出警民警办公室，民警客观地向我们陈述了当时出警的情况。执行的现场在菜市场旁边，早上九时许，执行人员看到被执行人（信访人的丈夫），夫妻一同从菜市场出来。执行人员抓住时机，控制住后就带被执行人上了警车。信访人在边上就大喊大叫，引得菜场的人围观。然后，她就躺在警车前头阻拦。整个过程中，执行人员与信访人没有发生任何肢体接触。民警赶到现场把她从地上拉起，她还挣扎不想起来。之后她自拍的照片证明，大腿外侧的乌青是民警拉她起来时她自己挣扎与车胎摩擦的痕迹，小腿上沾的是泥污。两份调查笔录结合执行人员的情况汇报，证明执行人员并没有违法执行。完成调查后，我便有了处理问题的方案。

我们上午就和当事人约好了，告知法院非常重视他们反映的问题，下午就到当地法院来处理。被执行人和信访人夫妻两人到法院后，我们说明了前来的目的：一是来处理她反映的问题。院里接到反映后派纪检组长我来处理，不管如何，要感谢你们对法院队伍建设的关心支持。二是把执行案件结了。反映的问题要处理，但执行归执行，不能因有反映的问题而不履行生效法律文书的义务。

我们先听取信访人的陈述。然后，把调查的结果向信访人通报，并告知她妨碍执行的法律后果。她认识到了自己的违法行为，也承认她大腿外侧的乌青其实是碰到车胎造成的，担心这样做要承担法律后果。执行庭庭长向被执行人释明拒不履行生效判决的法律后果，其作为在外做工程的人有能力履行而拒绝履行，拘留他只是劝诫性惩罚，重者以拒不执行判决、裁定罪，是要判刑的。当晚工作做到十一点半，被执行人支付了执行款8000元，第二天上午履行了全部应当履行的义务；其妻也向执行人员当面赔了不是，我们也做了笔录。整个事件处理得很完满。我回来的第二周，省人大常委会、省政法委转来信访件，是当事人打电话给院领导，同时寄发了信件（里面附有自拍的照片）。由于及时处置、证据固定，信访人没有时间做串通的准备，事情容易查清。所以，法院对信访件如实回复，附上当时去处理该信访所做的相关调查笔录，便清清楚楚。如果动作迟缓，等信件转来转去再调查处理，局面就可能会非常被动。

这件信访件也不是没有值得总结的教训，至少所选的地点、时间、方式都有问题。菜市场、九点、上手铐，这是在敏感的地点、敏感的时间实施容易被众人围观的行动。如果能够冷静地跟随到人少处或其家中，则更妥当些。当然，有些时机稍纵即逝，事后评论是要容易得多。

发现纪律作风问题如何处理？我的经验是正确面对，不拖不掩，是什么问题处理什么问题。干警确有问题的则不能袒护要作处理；如果诬告陷害的则要为干警洗清白，保护干警的工作热情。教育管理要从严，防患于未然；处理要惩前毖后，治病治未病。

纪检组长兼执行局局长有利有弊。在纪检工作中能及时发现的执行问题，能够做到即说即改，能够落到实处。有利于及时整顿队伍、规范执行行为，执行队伍面貌有了很大的改观。问题是执行局局长自己执行和部署的执行工作谁来监督？出了问题谁来处理？所以，我认为这种兼职只是基于当时院要对执行部门进行重大整改的权宜之计，没有效仿性。我只是做了这种尝试的实践者，其实于权力制衡理论来说是有问题的。

34. 执行局局长开新局

虽然纪检组长兼执行局局长，都是党组成员、班子成员，但我遵循《民事诉讼法》、执行工作的有关规定，建议党组分工应有分管院长，该由分管院长审批、签发的应报审签，该汇报的要汇报，这不是谦卑，是法律要求的。

执行局局长有许多烦琐的工作。最需要解决也是最需要时间解决的，是以前就存在的案卷装订归档的问题。办公房间里堆的都是零乱的执行卷宗，一直以来执行庭为了执行方便，执行案卷放在庭里保管，没有像审判案件卷宗那样由院档案室统一归档。现在强调规范执行，则案卷整理归档就成了必补的课程了。之前的庭长整理了一部分1995年之前的执行卷宗，但后来又搁置了下来。现在必须下定决心来彻底整理归档了，院里同意聘请一位已退休的原办公室老主任来帮忙整理归档。这项工作前后经历了三年多，终于完成，应归档的都统一归档了。

执行工作在我任副院长分管执行一章要重点写，这里只是带一笔。执行局局长开新局很重要，关系到执行工作能否打开局面。解决执行难，首先在于局长的工作能力和魄力。当年银行开展了汽车消费信贷业务。借款人向银行贷款购置车辆，以所购的车辆抵押逐月还款，由保险公司承担贷款保险责任。车是流动的，比不得不动的房屋抵押。某市已经暴露出问题了，按已审理、执行的案件，保险公司损失巨大。于是各地保险公司和银行联合止损的诉讼开始了，法院的这类执行案件大量上升。记不得真切数字了，反正半年多时间集中执行兑现的标的达上亿元。

印象最深的是一次我带队到外省去执行，被查封的标的是破石料的大型设备，传输带从山顶到达公路边有上千米长。这些设备拆下来都得半个月，如何处置？我们通过调查，得知被执行人是为某大型建设工程公司提供工程石料籽的，就想办法找到该公司负责人。公司负责人明确告知本月有石料款要汇给被执行人，答应可以先支付执行款项 20 万元。我说："先做个笔录。"他说："你们也辛苦，都到中午了。一起吃饭，边吃边谈。"

没想到，一顿饭的工夫我们边吃边聊，还真解决了问题。"做笔录就不用了，现在准备发工资 40 万元先打给你们，另外 50 万元过几天给你们汇去。"公司负责人对我说。我们陪其财务到银行汇出，并与被执行人做了笔录，要求其配合后续的履行。

我向第三人公司给予配合表达了感谢，并对这位负责人说，我相信你说的话会兑现。我们就回到院里。没几天，另外 50 万元执行款也到账了。

执行工作并不是一脸严肃，法律、人情要视执行案件情形做交融性的选择。不食人间烟火的假正经，有时不仅损害了法律尊严，还会处处碰壁，把能办成的事搞砸，还自认为是遵守规矩、依法执行。当然，执行工作比审判工作更加需要依法、谨慎、灵活、廉洁，有的还要运用智慧、技巧。

2004 年 3 月，我通过了浙江大学"法学理论"专业进修研究课程的考试，成绩合格，准予结业。如果通过英语考级、一门综合考试，还可以拿个学位，但我认为对从事法律实务工作的人来说，就没有必要了。

35. 执行局局长是解决问题的

另一记忆深刻的，是我在第三次去常州执行时电视台陪同前去，并制作了记录片《三进常州》的那个申请人人数众多的执行案件——郑某等50名申请执行人申请被执行人江山某信息服务公司、常州某建设工程有限公司境外就业中介纠纷案件。

这批申请执行人好多是向亲戚朋友借钱或向银行借款，来交纳中介费和保证金的。在2000年前后那几年，2万元保证金对于大部分农民来说，是一笔很大的款项了。本是心里装着致富的梦想，想着出国劳务赚上一笔钱回家，打算在农村建房、娶媳妇、给家人治病、偿还债务。就这样美好的赚钱梦，却在刚去常州就被无情地粉碎了。住了多天回来，去境外打工不成，交纳的款项又退不回来。这群农民被中介机构用车送回江山时，已是深夜了。天是那么地黑，街灯惨淡，衬托出这群无奈的农民当下的心境；家离他那么近，他又是多么地想回家，但他们不敢回啊，回去如何见家人！秋天的夜是冷的，他们坐在市政府大门的围墙边熬到天亮。第二天早晨，这些朴实的农民首先集结在市政府大门口，寻求政府解决是他们唯一能想到的办法。市领导非常重视，马上召集相关部门的领导并邀请法院的领导参加研究、商讨办法。最终决定对江山这家涉事公司及相关人员由公安立案侦查，民事部分引导他们通过诉讼解决。法院及时受理后，依法作出了判决。

江山的这家中介公司无财产可供执行，法定代表人也因涉嫌刑事犯罪被立案侦查；常州的出国劳务公司也没有可供执行的财产。江山市委、市政府、市人大常委会极为关注该案的执行，法院党组高度重视。我兼任执行局局长压力更大，带队去常州执行，第一次空手而归。但是调查出该出国劳务公司是常州一个大型建筑公司设立的，查封了总公司及多个分公司的账户，但经查询，金额均很少。第二次通过与被执行人斗智斗勇，执行回来50万元，其余的40多万元被执行人也答应下周履行。取得这个结果是来之不易的。这是一家大型的建筑公司，各分公司账户的资金在项目上，总公司账上应当有调度的资金。但我们第二次去时总公司账户上还是查封时的余额。我通过当地的法院得知，银行帮公司另开了账户。欲查询该账户，银行人员却告知说没有该账户，当我们准备对营业所主任采取强制措施时，他才打印出该另开账户的对账单。我们在当地法院的配合下，到公司总部找其法定代表人，财务负责人告诉说，董事长（法定代表人）出国了。我们告诉她，该法定代表人已经涉嫌非法转移财产，还拒不执行人民法院生效判决。我们准备将其移送公安机关侦查。这时，财务负责人慌了，她打了电话，不到半小时，董事长赶到办公室。才有了这次爽快的履行。

案件可以得到全额执行的喜讯是在第二次去执行时，最后一次执行电视台随同前去，一路策划，补拍一些镜头，回来以《三进常州》执行专题片播出。当全案执行标的款项全部到位时，我的心情像申请执行人拿到执行款一样，很是兴奋。我的兴奋是在经受这组案件执行时的巨大压力后，成功时的一种精神放松和解决了难题的欣慰，这是法律的力量和执行智慧的胜利。

专题片在电视上播出后，社会反响很大。镜头里申请执行人拿到执行款时流泪说："交了钱，吃了苦，想出境打工挣钱没成还被骗。我们是真的不敢想如果这钱要不回来，我们以后的生活如何过。当时急得有家不敢回呀！在市政府门口边坐到天亮。没想到法院一分不少地帮我们要回来了，我们真的有说不完的感谢！"

执行局局长也遇到过案件执行不能，申请执行人来寻死觅活的情况。上午刚到办公室,申请执行人就等在办公室门口了。那时,法院并没有像现在有安检和保安,最多也就有一个门卫兼收发信件、报纸。我刚把办公室的门打开,申请执行人把身上的背包拉到胸前坐在沙发上,她先说话了:"局长,我今天一早出来,都没和我老公说。今天,我拿不到钱,我就死在你的面前。"这种情况我们遇到过几回了,但没想到这人来得这么早。我给自己沏上一杯茶,也给她泡上一杯。这种情况是需要耐心的,放下茶后。我说话了:"好好的大早上,怎么说这种不吉利的话呢?你说,我看着你怎么死得掉?"

她语气坚定地说:"你不帮我执行,今天不给我钱。我就死给你看!"

"根据你的举报,我们去过两次绍兴了。没有找到人,也没有找到可供执行的财产。怎么给你执行呢?局长也不是变钱的,今天不能给你钱这是明确、肯定的!虽然还在努力执行,但什么时间执行回来目前是不能确定的。"我把话挑明。她心里也明白,第二次执行她也陪同去了。她在沉默时,我开导道:"再说,你都想死了。你说说看,人死都不在乎,钱拿来作什么用呢?"

"钱拿来给我儿子读书。"

我知道交谈她可以听进去了,就说:"那你要不要先问下你的儿子,他要不要你死了,安心拿到钱去读书呢?你儿子肯定舍不得让你死的嘛!"这时,她从沙发上站起来:"局长,你真的要帮我执行。"

我说:"这就对了。有话好好说嘛。我陪你到执行人员办公室去,一起商量下一步有没有更好的办法把案件执行掉。"

有些当事人谈法律不一定能听进去,但顺着其思路,聊天式地谈话反而能让她(他)开窍。如果对其进行训斥,有时真的会导致过激的事件发生。跳窗、撞玻璃的自残情况也曾发生过,所以,执行还得懂点儿心理学,以及谈判技能。在执行中学会执行,执行工作是实践、思考、总结、再实践,不断提高而出真知的过程,不是能从书本中学到的。这些执行艺术在后面的篇章中,还要涉及的。

第9章

分管执行的副院长

36. 执行是兑现正义

2005年6月30日,市人大常委会任命我为江山市人民法院副院长,免去执行局局长的职务。这里,还有一个插曲,院长开完人大常委会会议回来告诉我:还有人大常委会委员问他,你执行局局长干得这样好,为什么要免去,不可以兼任吗?还有人对免去你执行局局长投反对票的。看来会议开得很民主的。我这副院长分管执行局、执行庭、执行裁决庭、法警大队,兼纪检组长还分管纪检监察工作。

我从基层法院法官做到法院副院长,也算努力了。最近十多年几乎没有基层法院副院长出去担任院长的,一般都是中院从其中层干部中下派,也有从高院一般干部中下派或者其他机关下派的。当然,法院副院长在小县城里也算个官了,虽然自己觉得没什么,横向比也只是一个正科级。我是2007年6月被市委组织部确定为正科(局)级职级的,但比不了乡镇党委书记和镇长,更比不了市人民政府机构实权部门的局长。唯一的权力是可以用法律主持正义,为更多百姓做些事,让人间增添些公平。我主管执行庭、裁决庭和法警大队工作,对难案、骨头案,我可以调集力量把它攻下来,让判决从纸面上的正义通过执行真正兑现;也可以让执行人员尽心为当事人做些实事,让胜诉当事人的权利,通过执行得到实现,不那么揪心而无奈地看着纸面上的正义。

纪检工作是常抓不懈的工作,队伍建设已走向良性循环了,纪检监察工作加以关注不放松就是了。我工作的重心转向抓,实现执行工作的良性循环。

这要从机制、制度着手。开展规范执行行为，促进公正执行，以提高执行能力为目标，提高执行标的率和执行效力为目的，来加强执行队伍建设。从这点上说，副院长兼纪检组长的工作并不冲突，类似于"一岗双责"。

我的纪检组长职务直到2006年8月才被免去，原来的政治处主任改任纪检组长，执行局局长担任了政治处主任。我担任纪检组长期间的工作，得到中院、高院和市委的肯定，也取得了不少荣誉。2006年11月，在中国共产党江山市第十二次届代表大会上我被选为中共江山市纪律检查委员会委员。

免去纪检组长职务后，我的分管工作又增加了立案庭和信访工作，立案是案件的最初入口，执行是案件的最终出口。我分管法院"一头一尾"的工作。

分管院长抓执行要有魄力，有协调和约束好队伍的能力。因为执行工作存在"三高"："高风险、高诱惑、高难度。"我认为，"高风险"存在人、事、物的风险，"人"既是执行人员自身，也包括被执行人及相关人员，执行行为是一种动态对抗，必然涉及人的互动，从语言到肢体，由于执行人员的依法、公正、文明执行程度不同，被执行人的法律意识、文化程度、情绪控制能力也有差异，所以有时会发生冲突，造成突发事件，人员死伤的情况不能被绝对排除。"高诱惑"就是在社会变革期，人们的观念发生变化，金钱至上，现实主义盛行的年代，而执行又是判决结果的物质实现，对于当事人来说是"真金白银"的兑现。申请执行人希望案件能够快速全部得到执行，被执行人则希望案件最好延迟执行、部分执行、甚至不执行。这种当事人之间实现权利与履行义务的博弈，在判决"天平"称量已经确定的情况下，一方要求实现权利的迫切和另一方被要求履行义务的对抗，到了白热化的阶段。执行人员手中高举的执行"利剑"，是轻轻落下，还是利刃直指义务人去履行，直接关系到申请执行人权利的得到和被执行人权利的失去，虽然这是被执行人应当履行的义务。因此，执行人员就存在被当事人围猎的风险，要能够抵挡得住诱惑。"高难度"是指看似简单、实则艰辛的工作，人难找、财产难寻、财产难变现，还有两头都有可能信访的隐患。执行工作常常需要起早贪黑地找寻被执行人。需要与被执行人斗智斗勇，不仅需要法律知识，还需要生活经验、策略、技巧。特别是一些大案、难案的强制执行，更体现执行法官的法律水平、胆略气魄、组织协调能力。

我任执行局局长时就已发现，被称为"天下第一难"的执行难其形成的原因：首先是人民群众的法律意识普遍不高，中国传统的"权变"思想，认为想办法躲避过去，能够不履行生效判决是有能耐、有本事，主动履行显得没有面子，不以守法为荣。其次是法律配套和社会管理不到位，如对付逃避执行的有力措施缺乏，查明财产的手段有限，没有个人破产制度，等等。最后是法院的地位和权威不够，执行人员素质也有待提高，执行办法不多，也是其中的一个方面。

37. 制度作为撬动工作的杠杆

鉴于现状,基层法院法官能改变的只是自己,也就是从自己能够改变的小环境开始。我注意到执行工作应当走群众路线,于是决心壮大自己的力量,着手建立"执行联络员制度"。每个乡镇街道确定一个执行联络员,院里对联络员进行了培训,发放《执行工作手册》。季度通报,根据联络员协助执行案件的数量,发给补贴,年底考核评先。同时,案件也相对进行分组分片执行,有需要执行联络员协助的案件就以清单形式发送,执行联络员利用人、地熟悉的优势开展工作,有的经做工作被执行人就主动履行了;有能力而不履行、强制执行条件成熟的,则告知执行人员,在执行联络员配合下强制执行。这样既加强了执行相关法律的宣传,又做到了执行工作耳聪目明,执行工作有了群众基础,身手不孤单,配合有助手。我称之为:"下有根须、盘根错节。"

在此基础上,在市委领导下,成立了市综合治理执行难联动工作机制领导小组,形成了党委领导、人大、政府、政协和社会各界配合支持的局面,营造了良好的执行氛围。市委专门下发文件:中共江山市委转发市政法委等部门关于《江山市综合治理执行难联动工作机制实施意见》的通知。我形容它:"上有枝叶、茂盛畅达。"

此外,还建立了执行救助基金。根据《执行救助基金实施办法》,对执行不能、申请执行人确有特殊困难的,进行司法救助。这就是:"夏暑饥渴、茶水凉荫"。

设立执行救助基金涉及财政局、司法局、民政局等十多个部门。当时，院长正在国家法官学院培训，为了争取时间尽快出台办法，我商请地方政府研究制订该办法，经相关部门讨论完善后，就到了各部门会签的阶段了。那时，部门之间是可以相互招待的，我就邀请所涉部门的一把手来法院食堂用餐，并告诉他们，今天的晚餐凭"签名"入席。这样，一顿饭的时间，就解决了十多个局长在联合文件上签字的问题。第二天，我送去给市长签发，市长在开常委会。市委办主任说："要不先放在这里。"我说："赶时间，上午最好签出来。要不我自己送给市长？"他说了句："徐根才呀，我就佩服你的'钉子'精神！"文件就这样签发出来，快速下发了。

执行局内部也实行了改革：原来的执行庭分设了执行实施组和执行裁决组。把裁决组从执行庭中分立出来，成立了执行裁决庭，成为法院内设机构。这样，起到分权制衡的作用。

阳光是最好的防腐剂，透明执行是人民群众可以看得见的公正。我着手构建阳光执行，也就是执行公开制度。建立了"执行回告制度"，对暂缓执行、中止执行要公开，执行过程、执行结果也要公开，卷宗里有执行日志。还建立了执行威慑机制。

许多制度在全省都是率先的，这些措施的推出和取得的良好的执行效果，使得江山市人民法院执行工作在全省有了一定的影响和知名度。2006年，江山市人民法院被浙江省高级人民法院确定为"全省综合治理执行难"十家试点法院之一。2006年6月，衢州市委政法委、7月浙江省委政法委派员来我院检查执行工作。检查后评价：江山市人民法院执行工作有亮点、有特色、有创新、有效果。执行联动机制、救助基金设立在全省比较早，联络员机制运转得好。

这一年，江山市人民法院还承办了浙江省高级人民法院主办的"执行案件情况分析暨第五次执行理论研讨会"。第二年，江山市人民法院被浙江省高级人民法院授予"执行工作优秀法院"的光荣称号。

好的制度是经得起实践检验的,取得的成绩也是个案执行成果的累积。接下来,我将通过具体的执行案件来说明,执行工作是个实实在在、充满艰辛和挑战的工作。

38. 法律力量需要正气发动

2006年4月，已是春暖花开的季节了。我通过联动机制协调组织了百人团去一个镇里，不是春游赏花，而是对某经营公司租赁纠纷案件的执行。这是我担任副院长分管执行工作以来，第一次组织人数如此之多的大执行了：执行干警25人，当地镇人民政府协助配合有干部30人、派出所民警5人、维护交通的交警支队民警2人、供电所职工1人；公证处4人参加搬移财产的公证工作，雇佣拖拉机13辆、搬运工人80人，到执行现场参与执行的达150人。

某经营公司为镇人民政府设立的经营镇政府国有资产的公司，其将房屋场地出租他人经营，后因镇规划设立幼儿园，该租赁场地在规划范围内。镇政府为推进这项民生工程，已做了两年工作了。因承租人在当地盘根多年，有一定的社会影响力，多次协商均毫无结果，就是收不回来，某经营公司诉诸法院。法院判决解除合同，限期承租人搬出租赁房屋、腾出土地。经申请执行，被执行人仍拒不履行生效判决。

鉴于被执行人这种情况，法院执行时也非常慎重，事先向市委、市人大常委会作了专门汇报。与当地镇政府、派出所协商研究协助配合的方案。鉴于被执行人场地内有一家搬运队、一家锯板厂和一家钢材店，以及被执行人库存的陶瓷瓦堆积如山的现状。执行工作实施前，我与镇领导商定，由镇政府派得力干部，协助执行人员先做锯板厂和钢材店的搬迁工作，通过讲明法律，镇政府协助解决政策范围内能解决的困难，锯板厂同意自己搬迁，钢材店也跟着搬迁了。第一个任务落实以后。法院最后一次做被执行人工作,但其仍拒不履行,法院冻结其银行账户的存款,强制执行的条件成熟了。

我们根据强制执行实施方案,某日早上八时整,所有参加人员到执行现场集结。各就各位后,现场并不见被执行人,他躲避了,却留下被执行人82岁的岳母,显然想借此来阻止具体执行工作的进行。但执行方案已考虑到这个问题,就由事先安排的2名镇妇女干部负责做好工作请走老太太。她们做老太太的工作显示了工作水平,老太太跟着妇女干部上车了,送她回家,但门已被锁进不去。两名妇女干部陪着老太太聊天,中午还不见人回来开门,便到面馆里给太太买了煮面条,陪着她等家人回来。

镇干部和公安民警在外围防范,法警在现场维持秩序。执行人员检查现场确认安全后,由供电部门人员切断电源。搬运工人这才开始把物品搬上拖拉机,公证员进行每车所运物品的数量统计。为了保证在一天内执行完毕,也为了避免横生枝节,执行人员决定中午不休息,所有人员在现场吃快餐。而且参加人员除个别担任警戒工作的,都在现场动手帮忙搬,就可以留部分搬运工人在卸货场地里整理,这样也就加快了进度。一直到下午三点半才完成搬运,清空了被执行场地。

集中强制执行工作快要结束的时候,被执行人不知从什么地方回来了,估计搬运人员中有人告诉他,或者他躲在什么地方看着我们执行吧。居然在合适的时间点出现在现场。执行人员找他谈话做笔录,他竟然用慰问的语气说:"你们辛苦了。"我看他说的应该是真心话。因为他看到我们的执行工作做得细致、文明,看到了我们脸上的汗水和满身的灰尘,"大山"被搬走了,他也真的感动了。

原先预案考虑可能会有的激烈对抗没有发生。执行完毕之后,可能会信访,也没有发生。

这次规模较大的成功执行,说明执行工作不仅需要担当,更需要智慧,刚性法律要强，柔性手段可软。只有严肃执法，面对强大的法律，当地再有势力的个人，也是不敢对抗的。本案文明执行，对老太太妥善安排，换位思考带来将心比心，转对抗为接受。其实，所谓地方势力，都是不依法养大的。都依法了，个别人的力量能对抗法律吗？所以，法律是有巨大力量的，但法律力量需要正气来发动。如果没有正义的力量来发动，再好的法律也是睡着的巨人。

　　这个案件的执行还是值得反思的，强制执行费用当然是被执行人负担。但其负担的只是雇用人员的实际支出，这么多公职人员协助执行看似没有支出费用，其实是由纳税人承担了。这样算来，强制执行对于被执行人来说，倒是比主动履行更省了费用，因为有这么多"不计报酬"的义务劳动者。法律是规定了"拒不履行人民法院已经发生法律效力的判决、裁定的"，可以罚款、拘留。但对于这种对象，法院执行达到了目的，案执事了了，就是最好的结果，其他措施也就不用了。

39. 执行要对历史负责

　　执行工作遇到的都是很现实的问题，但也有一些是历史遗留的问题。历史遗留问题已经出现，哪怕是陈旧历史，执行是不能回避的，是要面对和解决的。这不，就有祝某、王某等九人分别诉讼某镇办企业和某镇人民政府劳动争议纠纷案件。祝某、王某等九人原是镇办集体企业的职工，因当时水泥厂的劳动条件很差，粉尘弥漫的碎石、水泥包装车间，工人们劳动时基本没什么防护措施，甚至连普通的口罩都不戴，更不用说防尘面具了。这些工人有的落下了石肺病，有的被喷窑大面积烫伤，祝某、王某等九人是最严重且构成伤残的。他们用法律武器维护自身的权益，法院判决支持了祝某、王某等九人的诉讼请求，由镇办集体企业支付工伤待遇等费用。但该案件申请执行时，该企业的资产早已被拍卖，除集体土地以外，已经没有可供执行的财产了。执行案件就这样中止了，躺在堆满档案的房间里；申请执行人却信访不断，痛苦地煎熬着。

　　到了2006年上半年，九个申请执行人中已有两人在人民医院住院了。执行人员报告说："人都吐血了，情况非常严重。万一申请执行人死了，事情就会变得更加复杂。"执行承办人的担心不是多余的。申请执行人中有因严重石肺艰难地在苟延残喘的、有被喷窑大面积烫伤痛苦呻吟的。见这样的申请执行人，我心里只有怜悯。他们当年在乡镇企业劳动，是用命换那么点微薄的工资，现在生命快到了尽头，几万元的赔偿款却还拿不到手。我觉得像是自己亏欠他们一样，这样的案件得不到执行，情何以堪？他们或他们家属在不断地信访，执行人员也于心不忍，又只能干焦急。法院没法儿变钱，虽说案件在法院执行，但法院有时也无可奈何，但如果法院用法律的力量都无法帮助他们，那他们面前的黑暗将再也消散不去了。

我把这些情况向市里汇报，市委副书记兼政法委书记对这批信访件也非常重视，说市里也正有想法把这批重大信访问题解决掉。于是，市委副书记亲自出面，组织召开了多次协调会。通过前后近两个月的调查分析，所在镇党委、镇政府提出了解决办法：当时处置企业只是地上资产出让，土地没有转移给买受人，是租赁给买受人的。是否可以将该集体土地征收为国有，出让给现在的企业，从土地出让款里考虑兑现执行款？

市委副书记在协调会上强调："尊重判决，履行义务，处理历史遗留的问题要有勇气。但要一次处理到位，不要出现新的问题。把土地出让价款兑现执行款，价格要合理，不要造成国有资产流失。"并问我有什么意见。我说："从法理、政策和改革的本质要求来理解把握，这样处理没什么大的问题，但要集体决策、程序到位、手续齐全、平稳操作。法院执行会依法并配合做好信访问题的解决。"

最终，经镇党委、镇政府讨论决定，将该企业的集体土地征用为国有土地，通过出让给企业，所得的收益用于支付上述职工的补偿费用，并向市政府提出书面报告请示。土地管理局局长就此事还专门向省土地管理厅作了汇报，以加快流程，及时挂拍。这些相关流程完成后，考虑到信访维稳的时间节点以及申请执行人的特殊情况，镇政府商定先行垫付。

市政府以抄告单明确同意，并考虑流拍另一幅土地，执行款不够部分由市财政给予补足。九个案件得以执行完毕。作为该镇最重大，也是市里重大而且多年未解决的信访件，得到完满的解决。社会反响非常好。

到了2020年，全国"扫黑除恶"行动大力开展，市纪委调查这件事时询问执行款项为什么是公司（企业）支付，不是其法定代表人支付？镇政府为什么还先垫付？当年的镇党委书记升任上级纪委领导了，他哪里能记得细节。只有先询问现任分管执行的领导，得知我是当年分管执行的副院长。我说："十五年过去了，现在临时询问确实记不清楚了，不用做笔录了。真的要想把事情搞清楚，我建议纪委发函到法院，我虽然已退出现职领导岗位，但我会做好协助，召集法院当时执行的相关人员查明所函询情况，明确给纪委函复的。"来函后，我找来当时的执行人员，回忆、调阅案卷，并从卷宗中找出政府抄告单，亲自起草了函复，把当时的简要情况、基础事实、相关政策依据、执行依据的法律，以及被执行人公司（企业）等作了客观的函复。市纪委也就完成了上级交办的工作，结案。当年的镇党委书记电话和我说："徐院长，还好你是这方面的专家，讲得清楚。不然过了十多年，谁记得，谁又能讲得清楚。"

这件事告诉我们，法律人处理案件既要坚守法律，也要历史问题历史处理。涉及政府协助配合的事项，要建议政府依法、按政策处理，不能简单地为了执结案件或者化解信访件，也不能认为有领导拍板就行，要为法律负责，也要为相关参与人员负责。法律人的证据意识一定要强，做事留痕。未雨绸缪，当时的见事是早的，考虑问题是周全的，事要办，但要办好事。这组案件的执行过程包括参加的协调会，每次都有执行笔录，卷宗内有备忘录和市政府抄告单，加上对法律、政策的准确把握，一看就清清楚楚。解决了历史问题，不能又留下历史的糊涂账。这就是领会执行了当时领导强调的"不要出现新的问题"。也为镇党委、镇政府解释了现在他们回忆不起来、解释不清楚的问题。

40. 高站位才能望得远

江山市人民法院是全省法院执行试点单位，工作也做得出色。全省法院执行工作会议每季一次，中院以上参加，但由于江山市人民法院作为试点单位，工作成绩突出，我也被通知参加会议。印象很深的是"丽水青田会议"，由时任丽水市市委书记致辞，省高院院长讲话。

省高院院长讲话说：审判和执行是法院的两大主业，车子两轮，鸟之两翼。执行在法院不在法院都一样（因为那时在讨论执行要不要将之从法院划分出去），刑事审判没有监狱去执行，那么有期徒刑、无期徒刑判了又有什么用？

省高院院长接着说：有时法院不硬不行。遂昌县法院院长，执行一件被执行人为某镇人民政府的案件，在领导开会时，扣押了镇政府的领导用车。刚好县里要开人民代表大会，这个院长拟连任。该镇领导联系了九个代表团，欲不让他连任院长。他讲了两句话：如果是对的，我决不妥协，选择坚持；如果因为这件事，我得罪遂昌人民，我走！结果，378名代表中375人支持他连任法院院长。

省高院院长强调了执行工作的重要性，倡导执行工作要扬法律的刚性。法院承诺"不使胜诉的当事人合法权益因执行不力、不公得不到保护"。法院在执行时，正义女神要挥舞手中的剑，该出手时就不能蒙上眼睛，装作没看见。要树立法律权威，维护公平正义，在法治建设的路上还需要一往无前的勇气。

2006年，由我撰写的《农村宅基地使用权转让的限制和法院执行农民住宅的冲突及其解决》荣获第二届全国法院执行理论与实务研讨会论文三等奖。我应邀参加了全国执行工作广州会议，有了和最高人民法院以及其他省法院执行局局长和执行人员交流学习的机会，开拓了眼界。论文浓缩后以《执行农村住宅的问题及对策》的标题，在《人民法院报》发表，同时在《浙江审判》上登载。这也是我总结执行实践理论的小喜悦。

人是需要多出去、多接触和多交流的，这样能增长见识，开阔眼界，有胆有识，站得高，望得远，做起事来格局才大。

房地产开发项目"彩虹城"的土地出让价达数亿元，这在当时的一个小县城里算是不小的项目了。第一期项目建了49幢小别墅框架，第二期未开建却收了57户的购房款，还有大部分土地未开工建设，开发商资金链就断裂了。公司账户上仅有的1500万元却因为中院的一个执行案件被查封了。这些购房户不断地信访，江山市政府想解决却无从下手，从市长到书记都非常重视，这无疑是个关乎民生的大问题。部分购房户诉讼到江山市人民法院，生效判决也在执行阶段。于是，江山市人民法院与信访有了关联，成为化解信访件的重点包案单位，市政府希望江山市人民法院通过执行来破局。中院虽作了执行查封，但既不能划走给申请执行人，也不敢答应解封，只是提出让被执行人的其他申请执行人参与分配。其实，中院也左右为难，但事情总得有个进展，不能这样僵着。

机会还是出现了，中院冻结期限届满，市政府提醒江山市人民法院去查封，其实这是明确又不能拒绝的要求。轮到作为副院长的我为难了，基层法院这时去查封，对中院来说无异于虎口夺食。不查封，显然不符合法律；但政府既然提醒，若不查封而去提醒中院续封，那更不行。查封于法有据，而且有转圜的余地；不查封不合法律规定会陷于被动无助的境地。这时不能犹豫不决，当断则断，我马上签发查封决定书，并在查封后向中院执行局局长报告。执行局局长马上向中院分管院长汇报后迅速赶来了。脸色显然是不好看的,他说分管院长很严肃地训斥他:"这样做不是让中院下不了台吗?"我只是冷静解释:政府已这样提醒,不查封,让中院续封,如何向政府解释?购房群体又会怎样地纠缠江山市人民法院?更主要的是违反了法律规定。

尴尬的局面是早已预料到的,我事先把分管副市长也请来,以便调和一下关系,同时做好下一步工作对接。最后决定:不管谁查封都是法院查封,款项都冻结在这里。中院执行案件的申请执行人由江山市人民政府与其上级政府去衔接沟通;政府协调好上下关系提出解决信访方案,上、下两级法院依法执行,并配合做好信访工作,将相关问题一并解决。

该案在两级政府和上下两级法院的共同努力下,得到圆满解决。49幢小别墅,配套建设款项由购房户出小部分,政府出大头,由政府负责完成建设;57户购房户的购房款得到78%的清偿。相关问题都得到妥善解决,未建设的土地由江山市人民政府收回重新出让。

此案的妥善处理,让我得到了市委领导的充分肯定:"精通法律、有胆有识。"其实我是看准了问题,精研法律后,有了思路,就敢于破局。我是这样认为的:所谓的胆,就是相信法律,依靠党委、政府,诚心解决问题,毫无私心;所谓的识,法院执行同一法律,法律人都讲法律,执行法律有什么得罪不得罪人的,唯正而已。现在反思,当时没有建议用破产程序来解决这一问题,查封即使没有届满,问题不是也迎刃而解了吗?但沿用了执行思路,在执行程序中,政府从考虑维护稳定的角度给予大力协助、积极协调,辅之以灵活的政策,则能较快地处理解决问题。这在当时应是借风行船,不失为提高执行工作效率的好思路。

2006年9月底,江山法院院长调中院任副院长了,晚上我去他房间见他。院长告诉我,组织谈话肯定了他四点:一是与当地关系处理得好,二是思路清晰,三是工作绩效明显,四是工作投入。

他说:"所做的工作得到肯定,付出也有回报,有成就感。"我说:"市委肯定得到点到位,恰如其分。"他说:"你也应有成就感,你所主管的工作一年上一个台阶。到现在我可以说,我用你是用得对的。"我不是千里马,但他推荐我到副院长岗位,全力支持放手让我干事,发挥我的才能。他是我的伯乐!

工作严肃认真,业余活泼开心,交流能真心,交往淡如水;整个班子朝着一个目标团结奋斗,单位有一股向上的正气,有良好的做事氛围。我怀念,他作为法院领导班子"班长"的那段岁月。我认为能在一起合作共事也是缘,人一生中能一起共事的人,毕竟是不多的。因此,要珍惜同事这一关系。

41. 执行有危险

执行工作有时也会遇到暴力抗拒执行、威胁到执行人员生命的危险情况。2007年秋天，在执行社会扶养费时，就发生了不测。我刚做通一个被执行人的工作，他去筹措执行款了。我在镇政府等待时，接到执行局局长电话，他那组协助执行的镇干部被被执行人用刀捅伤了。我马上赶到现场，法警与被执行人正握着长柄刀的木柄，双方僵持着。我见状马上帮法警将刀夺下。被执行人跑回房间，他的妻子在后面抱住他，我想控制住他。不想他又从裤袋里"嗖"地掏出刀捅来，我觉得有锐利的东西逼近，警觉地一闪，在我旁边的法警也顺势一拉。我倒退一步靠到一条长凳上，马上拿起长凳抵挡，以防他再次行凶，这时房间门"砰"被他关上了。派出所民警也赶到了，将被执行人制服。

这是我第一次遇到手握长刀还藏有短匕首的被执行人。我从他被公安制服后的眼神中，看出他对处罚他超生的愤怒，农村固有的传宗接代观念，使他不能理解为什么生个儿子就违反了生育政策，就要受到夺他家财的对待。一般的民事执行案件，很少有如此激烈的对抗，因为要求被执行人履行的义务，不是被执行人违约就是有过错，被执行人心里也清楚，除非被执行人自己确信是判决错误，因不服而对抗。

执行案件也有上升到政治高度的，一件刑事附带民事案件的执行就是上升到政治高度的执行案件。2007年村级民主选举时，市委组织部部长亲自到某村搞试点。民主选举村党支部书记，试点成功地选出新的书记。但没想到，好好的一件事却生出了意外，一天，原支部书记与新当选支部书记那人的哥哥起了争执，有意见争吵上几句也未尝不可，有话当面说，然而不该发生肢体冲突。老支部书记突然推了新支部书记的哥哥，致其摔倒，后脑勺着地而死亡。判决刑事附带民事赔偿，被执行人因犯罪而服刑，家中只有农村房屋，其妻子外出又不知去向。除了冻结其少量存款，执行案件陷入了死局，死者的妻子拒绝尸体火化，并一年多来到处信访。组织部长多次出面协调，指示要将其作为一项政治任务，在60周年国庆节大庆前，一定要彻底解决该信访问题。

我知道，信访问题解决的关键还在于案件的执行，案件若能执行，则信访人所在镇、村再做些工作也就解决问题了。组织部长召集我和镇党委书记等一起研究解决问题的办法，商量后定下思路：法院和镇政府相互配合寻找到被执行人的妻子，做其工作，让其配合履行；镇政府同时想办法做通死者家属工作，尽快将尸体火化。近期重点做好这两项工作，下一步在这基础上再作打算。功夫不负有心人，通过镇干部打听，终于弄清楚被执行人妻子的下落。我带上执行人员和镇政府来协助的妇女干部，怕有变数连夜出发赶往外省某地，第二天早上，通过当地派出所协助找到被执行人的妻子。因为其妻子不是被执行人，不能强制将其带回，但案件的处理又需要她回来配合。经过耐心做其工作，她同意并在笔录上签字：自愿回来配合本案的执行。她是在此地给亲戚照看小孩，一切安排妥当后。我们一行人就往回赶了，晚上住在旅馆还陪其打牌，劝导其帮助丈夫履行赔偿义务，她考虑好能借钱给她的亲戚。按行程我们中午可以回到江山，在路上我们就叫镇、村干部通知她的亲戚到镇政府会议室，下午一起协商如何替被执行人履行。这样做的目的是：尽快落实，免其变卦。下午，其亲戚答应由被执行人的妻子出面借钱，支付了部分执行款。

将这些执行款支付给申请人，死者的妻子答应火化尸体。不足的部分执行款，通过司法救助资金和其他资金解决了。家属也签订了息诉罢访协议。这样，一个执行案件采用多种方法和措施，在被执行人服刑又无可供执行财产的情况下，案件还是执结了。这启示我们，再难的工作也能找到其"牛鼻"，执其鼻也就牵引过来了。问题这"牛"是要家养的，野牛则另论了。

42. 执行既温情也冰冷

鹿溪路拆迁，要说最难的还是文化广场项目中的一个"钉子户"。地下停车场已经挖掘得很深了，在深基坑边上的房子就是竖立着不拆。判决已经生效，向法院申请执行了。这样的一项市民工程又关系到城市形象，政府、市民都很关注，法院当然也很重视。然而，被执行人既然被冠上"钉子户"的名号，也就说明工作不是一般地难做了。执行通知书送达了，不履行。那时间正是汛期，每次大雨前后，我都带上执行人员上门做工作，住着的人就是不走。劝告其说住在十多米深的基坑沿房屋，雨季万一房屋垮塌了很危险，被执行人不管。任我们百般劝说，被执行人就是坚持不搬，并扬言："你们把房子拆了，我告到北京去。"笔录已经做过好多次了，有一次太阳很大、天很热，我再次去他家。他妻子说他去乡下老家收割大豆了，执行人员让他妻子带我们去找他。她没好口气地说："你们去把我的豆割好。"我说："那这样好了，你通知他明天上午来法院，我想听听他真实的想法，能够考虑的，我会向建设局反馈，给你想办法解决。"

这不是怕他不来法院才故意这样说，我的想法是，被拆迁户无非想多得点利益，通过建设局做建筑施工单位的工作，能以奖励的形式多给予点补偿，加速工期就是给施工单位减少费用。也使执行有温情，自动交付拆除。比起冰冷无情，一定要强制执行的话，对谁也没有好处。这种方式，对于这个案件可能有更好的执行效果。

第二天被执行人来了，他一开口就要再补十万元。建筑施工单位答应立即交付拆除的话，最多可给他四万元的奖励。我耐心劝导被执行人，并让其回去同家人商量，下午四点之前答复法院。下午，建设单位的负责人在院里等他答复，到点后他仍不同意。我给他打电话："明确告知拒不履行，法院将强制执行。这结果是你自己最后选择的，法院已经做到非常人性化了。"他最后在电话里甩下一句："那你们执行吧！"

强制执行是迫不得已的，做工作总有个度的，不然就是拿法律当儿戏。于是法院通过执行联动机制，召集建设局、公安局等相关部门开会研究，制定强制执行的部门协助执行预案。外围警戒由公安人员、城管大队人员负责，建设局派人与法院执行人员监督现场拆除工作，法警警戒拆除现场，防范突发事件。

现场执行需要解决的是，如何安置拆除房屋内被执行人90多岁的岳母。房屋里实际都腾空了，就安置了一个老人住着。其岳母有三个女儿，被执行人的妻子为其大女儿。三个女儿轮流照顾老人，这两年为了房子不被拆除，就把老人安置在拆迁房内，由她来"占房子"。女儿们则轮流到这里照料，其实，也就是一日送三餐饭，有衣服带回家去洗。这个月是轮到家在城郊的女儿照料了，建设局到其家询问过，她不想将母亲接到城郊家，怕大姐怪她，以后再不接回。了解了这一情况，我们就和她商量由建设局安排一间公租房租给老人暂时居住，征求这个月照顾老人的女儿意见，她也同意这样安排。这样，最大的难题也就解决了，按预案法院确定具体的时间强制执行。

这时，时任建设局局长打来电话，此时他已公布拟任副市长，但局长一职还没有免去。他还是很关心文化广场建设以及这个案件的执行，于是打电话给我："徐院长，这事拜托你了，一定要确保安全。"我心里清楚，他的意思是要确保安全，万无一失。因为强制拆迁如果要出事，那就是大事了。我说："定好时间不变了，请你放心，一定确保安全。"

强制执行的前一天，我要求建设局派人到老人住在郊区的女儿家中，确认照料人没有变卦。回复说老人的女儿没有改变主意。我说:"好的。晚上十点钟以后,还得再去一次,报告其女儿是不是睡在家里。"接到其女儿晚上在家里的消息后,我要求明天早上五点前工作人员就等在其女儿家门口,天一亮见到人了就给我回电话。为什么?因为怕被执行人做她工作,万一她躲避不见,老人就不好安排,强制执行就会遇到障碍。

接到电话,一切正常。就按执行预案定好的时间,早上6点30分,参加执行的人员到执行现场集合,每人简单地用过早点后,按方案开始行动。外围的公安、城管等一百多人组成警戒墙,法警开始第一次检查拆除房屋内外,除老人之外有无其他人、物品等,并拉好现场警戒线。老人的女儿到现场后,我安排两名女性执行人员在边上,老人的女儿扶着老人上车,建设局人员告诉老人现在到新家去住,老人很高兴。我还吩咐安顿好老人,要给老人及其女儿做个笔录:老人是否满意?坐车的途中有无碰着身子?确定老人是否安全到达安置房间,以防止被执行人借机生事。

7点钟接走老人后,我带法警再次逐个空间检查,包括阳台、顶层,检查有无人、室内有无可移动物品,并要求摄像保留证据资料。在确保现场安全的情况下,所有人员退到警戒线外。我下令铲车和挖掘机开始作业,随着机器的轰鸣声,妨碍施工近一年的文化广场施工地面的"钉子"——一座二层半的民用房屋逐渐倒下了。就在拆除到几乎一半时,被执行人的三个子女陆续冲进来,其小女儿还拿着照相机拍摄。我下令,凡是冲击执行现场的,一旦接近警戒线马上扭送上车,带到法院进行法治教育。最后一个是被执行人的小女儿,拿着相机冲到现场。

经教育,被执行人的儿子和其中一个女儿认识到冲击执行现场的错误,经批评教育后,离开法院。小女儿还留在庭长办公室在谈话,庭长告诉我,态度还好。但我见她说话的表情不像,江山人一般在本地都说江山话,她却说普通话,一个手提包放在庭长办公桌上。我说:"把你的手提包打开!"手提包内居然开着录音笔。这下，她也不装了："你们偷偷拆除我家的房子，我要告你们！"本来庭长还认为她态度好，不用拘留的。但不拘留她是认识不到其妨碍执行的行为危害性和违法性的。于是，决定对其采取拘留措施，并扣押该相机、录音设备。

她的男朋友在市级公安机关工作，通过中院领导来电话，问是否可以提前解除拘留。我回复：我们去提审做个询问笔录。执行人员去看守所对她做笔录，她则有恃无恐，笔录也不签，认为自然会把她放出来。执行人员回来合议后汇报，她没有认错的表现，且态度很差。我便同意不提前解除拘留。这样，拘留十五天届满出来之后，她再也没有闹出动静来。

这个执行案件，之所以执行得平稳，就是因为在该案的执行过程中，我们对被执行人做了充分的工作，给了必要的准备时间，还人性化地提出只要其同意交付拆迁，就可以给予适当奖励。毕竟是在好地段自己亲手建造的房子，现在要他们搬离多少还是有些不舍的。最后拆除环节对其岳母的安排，也非常人性化。但对其小女儿的妨碍执行行为，惩罚是严厉的，要让她感受到法律的严肃。不然，她就会仗着有"后台"、有关系而藐视法律。顶得住压力，严格依法，让她认识到违法就要受到惩处，个人强硬不过法律，"后台"也不能抵挡法律。这样，她才会敬畏法律。后来，我在街上碰到该被执行人，他还主动跟我打招呼。交流中他说他理解，这是你们的工作。

2009年，我被选为浙江省高级人民法院第一批《全省法院执行工作人才库》成员。2010年，我被列入《浙江法院调研人才库》名册。

2010年，我参与浙江省高级人民法院联合课题组撰写的《新〈民事诉讼法〉实施与执行救济之完善》登载在《法治研究》2010年第三期。

法律是一门实践的艺术，执行更是具体的法律实践。需要在实践中总结理论，再把理论用于实践，然后在实践中验证理论，这样经过反复检验的理论才有应用价值，从理论到理论只会是纸上谈兵。

43. 法警工作不得疏忽

法院工作就其大者，就是审判、执行。然而，审判执行工作是需要其他部门工作做保障的。法警大队就是其中之一，所以这方面的分管工作也要简略地说一下。

司法警察是人民警察中一个独立的重要警种，是一支准军事力量。它的任务是预防、制止和惩治妨碍审判活动的违法犯罪行为，维护审判秩序，保障审判工作顺利进行。既是展示审判工作所具有国家强制力的重要体现，也是维护司法权威、确保人民法院依法公正行使好审判权和执行权的重要保障。

司法警察日常的工作：值庭、押解犯人、巡庭、巡院、配合执行、协助送达，检查夜间保安值班、重点部位检查等，确保机关安保常态化、专业化。所以，司法警察的工作默默无闻，而又无处不在。

彼时，我们已经开始尝试，司法警察驻庭参与执行，实行"编队管理、双重领导"的管理体制。每个执行组配有法警，平时就以执行工作为主。但我认为司法警察职能不能异化，为此，日常体能训练、擒拿格斗、射击等必要技术不能荒废。每年还要与驻江部队或武警支队联系，请他们协助训练司法警察。这时，要让他们在军营里住上几天，进行封闭式训练。

最开心也最紧张的是组织全院干警射击训练，开心的是全院干警可以过把枪瘾，紧张的是担心其安全。还有一个重要的目的，就是尊重司法警察，让全院干警相互尊重。通过射击训练会发现，法官会写判决书，司法警察枪能上靶，法官却子弹都不能上膛，每份工作都有自己的专业性。再说，既然有这条件，法官虽是文官，通过射击可以壮壮胆子，遇事更加沉着。

虽然事前要做安全动员，作为分管领导，心里最担心的还是大家的安全问题，只有训练结束了才会舒一口气。记得第一次，有个女法官，第一枪射击，枪一响就哭了出来，把右手和拿的手枪都甩向身后。法警及时握住她的手夺下枪支，要知道还有四发子弹在膛啊！之后，便规定射击时要有法警贴后站在旁边。

通过严格的训练，江山市人民法院法警大队在中院或高院组织的法警射击比赛中总能得到名次，也多次被省高院评为"优秀司法警察大队"。

后来枪支保管变得更加严格，按规定：法院自己保管枪支，要建保险库，实行24小时值班，也可以集中到公安机关存放。党组讨论时，我主张统一存放在公安机关，用时去取更安全。记得有一次中院组织法警射击比赛，要在上午上班前提前一个小时集合出发。法警大队长说要在前一天下午就把十多支枪取出来，放在他家里保管。拿来文件审批时，我拒绝了，并严肃批评了他的冒失。我说："我同公安协调好，明天早上参加的法警一起去领取后赶往中院。"

分管法警来不得半点疏忽，要时时警醒，而且要果断。因为一时的不慎决定或大意，就有可能造成严重的后果。我分管法警时也办了"持枪证"，但从来没有领用或佩带过枪支。在纸质档案年代，强调案件卷宗、军人的枪支，务必保管好，绝不能遗失。

44. 立案工作不是收快递

立案工作，看似简单，实则不然。就如我常提醒立案的同志，如果真的以为工作简单，那开口纸箱就能代替你们做工作。当事人把诉状放进纸箱里，你们收来分发给法官就是了，也就是相当于现在的"蜂站"——收快递工作。然而，哪有如此简单，立案窗口需要对民事、行政、刑事三大诉讼法都懂的人，才能清楚司法权和行政权的界限。哪些是通过司法诉讼来解决，司法的归入司法；哪些是行政机关的行政权，行政归行政，司法权不介入。立案还要"收得进来，办得出去"（当时强调）。《民事诉讼法》也专门有一节规定起诉和受理。窗口安排了一名从副庭长位置退下的老同志把关，审查是否符合起诉条件，并分情况予以处理。这样，保证了立案规范，也有利于审判、执行工作的开展。

有了资深法官把关，还有庭长，我作为分管院长花在立案工作上的时间相应要少些。问题是立案是和信访放在一起的，信访工作量很大，往往一个信访件的解决要花上很多时间。

立案也有引起信访的。有个原告递交的诉状一下子列了十几项诉讼请求，窗口指导他起诉要符合民事诉讼法规定的条件，不能漫无边际，希望他修改后再提交。他既不修改，还每天催着立案，还到市委政法委信访。立案庭来汇报以后，我发现立案后虽然可以驳回，但只会使矛盾更加激化。他把司法的、行政的、民间习俗的事项都糅合在一个诉状里，长达五六页。如果不从案外化解，就会将一般信访引入涉诉信访。他诉讼的原因是，村集体土地出租给企业办家具厂，出租的这块土地山脚平坡上有其祖坟，企业的围墙影响其上坟祭祖，然后列出十多项诉求。村领导带我们去到现场，指着分散的多处土堆："除这处有墓碑，其余年代久远谁能证明是他的祖坟？村里、镇里都为他的事处理过多次了。"听得出村里嫌他胡搅蛮缠，提的条件不着边际，正因为其要求过分，不能解决他才诉来法院。这种上坟时间的配合、运气、损失之类，"是事不是事"的问题不宜通过司法来处理。但他提出了问题且坚持多年，显然对他而言是个问题，只是这种问题由村、镇出面解决更为适宜。我与市委政法委领导一同多次与村、镇协调，进行指导，最终在村、镇的配合下解决该信访人的心病，也给其上坟留出了通道。

  一些当地的风俗，百姓是看得很重的，但法律并不作规定。如果都由司法作出裁决，那么无论是驳回或支持，都不如民间自治来得妥当。因为，驳回可能冲击固有的习俗，那是否真的有必要移俗呢？支持，那是否真的需要将民俗传承下去呢？面对这种案件，法官很难做出正确的判断，司法也没有必要介入。

45. 有明确的被告

原告诉讼时列错被告的事，虽然极少，但一旦列错，对错列的被告来说就是一种伤害。我分管立案庭时，就碰到过两起。

一起是送副本之后就发现了，某局起诉拆除被告拆迁房屋。因《拆迁协议》就写了被拆迁人的名字，诉讼是要提供被告身份证明的，工作人员就到公安户籍处打印身份信息，得到一个同名同姓的身份信息，一时疏忽就将其作为被告了。收到副本的被告，是乡下的农民，也巧，他家前年因为公路建设，拆迁安置后刚建好了房屋。要知道农民建造房屋是多么不容易。他恐慌极了，连夜到村支部书记家，他和妻子都哭了，"我的命怎么就这么苦呢？刚建的又要拆了。书记呀，要帮帮我！"村支部书记安慰说："先回去睡吧，明天一早我陪你去法院。"

第二天上午一上班，村支部书记就陪同一夜未睡好的"被告"夫妻来到法院。立案庭庭长接待了心急火燎的三人，发现确实是原告起诉错列了被告。原告某局的工作人员被通知到法院，由于他工作的粗心，把应当是城区的那位被告，弄成了乡下的这位"被告"。因为事情特殊，我也去接待了，原告向他赔了不是，给了他100元作为误工和路费的损失。农村人质朴，就这样满意地回去了。

另一起是农村信用社的案件，也是同样的错误。不同的是，因当时"被告"外出打工，公告送达时"下落不明"。到了执行阶段，执行人员找到"被执行人"，他丈二和尚摸不着头脑："我欠什么账？我根本没有到信用社借过款！"他到了法院后，做了笔录，信用社的信贷员也赶来，发现贷款对象确实不是同一个人。

还有一起案件是审委会讨论是否为错案追究的，令我印象深刻。被告是外县的，原告与被告交易时只知其名而不知其他信息。等货款收不回来起诉时，也是从公安处查询的信息。邮寄送达后，见签收注明"被告哥哥"，法官遂打电话核实，但电话一直打不通，于是公告送达。缺席判决生效后执行时，执行人员查询冻结了"被告"的存款，而被执行人（法律文书上的"被告"）是外县某镇人民政府的公务员，组织部门正准备提拔他，发现其还做生意，且欠债不还成了"被执行人"，便取消了其到党校培训的机会。这下事情搞大了，这名"被执行人"无债务倒成了真"被告"，影响到了他的前程，他找到法院。到底怎么解决确实需要审委会认真讨论。这是我快退休时的事，信访问题之后如何解决，不曾去了解。

这三起案件，起诉"有明确的原告"，但诉状所列的"被告"并非被拆迁人、向信用社借到款和欠了原告货款的被告。说明原告诉讼"有明确的被告"，有的时候并非是真的被告。非被告在真诉讼中被误伤，原告如何安抚"被告"是一回事，问题是有时也会殃及法院。从审理到执行，又启动再审程序，不仅浪费司法资源，甚至会给错列的被告造成难以弥补的后果。原告也得自食债权迟延收回或其他的恶果。

立案审查其实是必要的。不能拘泥于"有明确的被告"，列错被告是原告的责任，可被列错的"被告"不这样认为，他或她只认是法院通知其应诉的，信访人访的是法院，错案追责追的是审理法官。

46. 信访工作用的是真心

法院对于涉诉信访，我一直主张有问题就要切实予以解决，没有问题进行劝说解释；对于无理缠访不听规劝者，必要时应予以打击。信访工作不能敷衍了事，要用真心对待，用真情化解。

当时有句时髦的"名言"："能用人民币解决的问题，都不是问题。"我认为这是慷国家之慨且不负责任的话。这不是败坏社会风气吗！最为典型的一个信访件，信访人的妻子被摩托车撞死了，摩托车车主没有可供执行的财产。信访人作为申请执行人，投诉交警大队事故发生后不扣押肇事者财产，反映市纪委对这一违法行为不作处理，最后又反映法院不给执行。因此案件执行不能，鉴于申请执行人殡葬亡者骨灰需要费用，法院给予其 2 万元司法救助金。他答应拿到救助款后埋葬其妻骨灰，但没想到他拿了 2 万元后却抱着骨灰盒继续信访，还多次拦截市委书记的公车。

我也多次接待他并向他解释，他听不进去，有一次居然偷偷录音，质问我："人民法院不是为人民服务吗？"我告诉他："人民法院就是为人民服务。但你只不过是人民的一员，人民法院不可能只为你一个人服务。如果你坚持这样认为，难道不想想你自己的自私吗？"因为当年，有个法院执行局局长因被申请执行人纠缠："法院不是为人民服务的吗？"不知是口误还是什么，竟一时脱口而出"我就是不为人民服务"，而被免去了执行局局长的职务。信访人当然属于人民，不能因为其纠缠，法官就讨厌他们而不为他们服务。法官也经常会受到当事人的责骂，但法官不应当挨了骂就对其不平等公正，甚至报复。一视同仁，平之如水，就是用来形容法官的境界的。

市委书记有一天把我叫到他的办公室说："你看看能否再司法救助其 2 万元，务必做好信访人的工作，让其把骨灰盒埋葬了。案件现在无法执行，先把入土这件事办了。"我召集合议后，大家一致认为再救助 2 万元也符合条件。为了确保这笔司法求助款的实际效用，我找信访人通过笔录予以明确：雕刻好墓碑支付 5000 元；定好下葬时间和丧事酒席时给 1 万元，丧事办完毕支付 5000 元。

雕刻好墓碑，我核实过后给他 5000 元。不想待我外出讲课时，他到一个小饭店开了一张收据，到执行局局长那里就把 1 万元给拿去了。我回来问了饭店老板，得知是虚开的而不是真办了丧事，就传他到法院做了笔录。他承认没有下葬。我说："市委书记都关心你这事。当初你又是这样承诺的，人怎能言而无信？"他竟扬言说："某某书记算什么，我杀他！"这些都在笔录上记录下来。他阅读笔录时，把这几句划掉了。签字、按指印时，我说把划过的两端也按上指印。收好笔录，我开始严肃教训他："纳税人的钱你都敢骗！还一再出尔反尔。竟敢扬言要杀市委书记。那么多的人真心对你，你却不珍惜。现在你自己选择，是马上安排把骨灰下葬，还是到看守所去？"他脸色发白，手在抖。其实，这种人内心是慑于法律威严的。他写了保证书，终于把他妻子的骨灰埋葬了。

中国人讲究死者入土为安，埋葬了对生者也是安慰，至少能平复内心的不安，有利于化解信访人的思想情绪。简单地花钱买平安，得钱容易就会继续，第一次就是这种情况。第二次我出面，是真心要帮信访人把该办的事办好，因此才分阶段落实，不玩虚的，搞实的，真心能换真心。

47. 信访工作用的是真情

　　对于信访反映的确有问题的，我是主张实事求是地予以解决。有一个信访人是人身损害赔偿纠纷案件的被告，劳动仲裁时适用的规章，到法院审理时该规章已废止，而法院审理时还是以已废止的规章为依据判赔了。执行时把她的一间店面房执行拍卖了。她多年一直坚持信访，我接待她时已经是她信访的第七年了。她的信访手段是，在敏感时期或得知有上级领导来就躺在中院大厅里闹。案件不是江山市人民法院审理的，人是江山市本地的，信访人属地管理。这样，中院一个电话，江山市人民法院就得派干警同街道干部去将其带回来。我们认真研究了案件，案件确实判决错误。但时过境迁，法院依旧没有纠正判决，当时执行拍卖价格才 20 多万元，信访了七八年后，店面已升值到 70 多万元了。我下了决心解决，于是再找她谈话，要她讲明信访的真实诉求，她说至少给她 70 万元。我也明确告诉她，最大限度就是给她 49 万元。能不能就这样把这件事彻底了结，不要再折腾了？我看到她五十多岁，头发却已全白了，心中是愧疚的。明明判决确实存在错误，案件还执行了，七八年却不启动救济程序。虽然管辖法院不是我所在的法院，但毕竟是法院的责任。七八年的老信访，无数官员接待过无数次，没有得到解决。如果是自己的母亲愁得满头白发，会这样应付吗？她见我两次接待她时都是用真情的，说道："我信得过你，听你一句，你给我争取下来，我保证不再信访了。"

　　我把解决该信访件的方案，向市委政法委和中院汇报后，经过多次协调后，江山法院和市信访局、审理法院和当地信访局都同意各为其申请司法救助和信访基金 6 万元，中院和同级市信访局各申请 8 万元，最后请求省高院司法救助 8 万元，余 1 万元由信访人所在街道的信访基金支出，共补偿给信访人 49 万元。这样，彻底解决了这个 8 年的老信访问题。从此，那满头白发的"年轻老人"，再没有以冤屈不满的表情出现在法院的大厅。真情是三月风能化冰暖心，应付却如霜冻能使坚冰至。我相信：凡是人总有心软的地方，唯有真情能触及。化解信访，真情是把钥匙，心门才会为之打开。

由于信访工作成绩突出，我被衢州市委、市政府评为"2009—2010 年度衢州市信访工作先进个人"。2011 年，我又被衢州市中级人民法院评为"全市集中清理涉诉信访积案活动先进个人"。

第 10 章

分管民商事的副院长

48. 未曾动笔的执行之书

2010年3月18日,院党组决定对我的分管工作进行调整。我由分管执行庭、裁决庭、法警大队换为分管民事审判第一庭、民事审判第二庭、民事审判第三庭、立案庭。

执行工作我已经分管了7年,正准备总结写本书的时候,前行的路却转了方向。虽然民商事审判是我热爱的老本行,但命运却没有给我打转向灯的时间,就把笔直前行的车拐到了另一条道上。但是我却想再看过一个景点后再转道。

因为,我在思考写本破解执行难的书。执行人员是每天出去执行,如何约束之,使之做到规范执行、不受诱惑、公正执行,讲求效率,使生效法律文书确定的义务得到兑现,有能力履行的都能得到100%的执行。如何构建有特色的破解执行难的机制,形成一套行之有效的管理理论?这触发了我的写作愿望。我把这一想法汇报给当时省高院的执行局局长和分管执行的副院长。他们都极为赞同:"你写吧,我希望看到。"

然而,我还没有着手写作,那位对执行工作颇有研究的高院副院长在这一年不幸离世了。他是对执行理论研究极有造诣的人,我感到痛惜;更因为分工调整了,我没有精力再顾及执行方面的研究了,便投入另一分管领域的研究了。未曾动笔的"东方执行方略"之书,就这样胎死腹中。凡事都有机缘巧合,这不是用勤奋、懒惰能说明的了的。拿不起时,最好的方法是放下。

这一年的4月，省高院决定法官培训实行"法官教法官"，从法官中选聘部分教师。我从那时开始成为国家法官学院浙江分院、浙江法官进修学院的兼职教师。我感到责任、感到压力、感到光荣。能成为法官的老师，能够把自己对法律的感受、经验传授给法官同行，是很自豪的事。然而，自己真的有多少可以向他人传授的东西，则要时刻问问自己。为此，唯有不断学习实践，不断思考总结，以得到自己的一孔之见，才能与人分享。更何况因分管工作变动，我也需要精力应对。著书的事就暂时放下了。

49. 突如其来的破产案件

还没有说为什么我分管执行工作干得好好的，临时又改变了分管工作的内容。这要从江山市纺织有限公司（以下简称江纺公司）破产说起，该公司资金链断裂，因向职工集资以及从社会上吸收了公众存款，造成了职工恐慌，职工要求归还集资款而不能，引发大规模的职工集体信访，严重影响了政府办公秩序。这在当时算是大事件了。市里紧急成立解困维稳领导小组，派近30人的解困维稳工作组进驻江纺公司，目的是彻底解决问题。工作组通过半年多的努力，也催收了部分企业债权，清偿了10%的职工集资款。但这点清偿职工并不满意，反而造成商业合作伙伴和其他债权人的恐慌，企业也无法正常经营了。矛盾更加激化了，有人建议走破产程序。法院有人认为市政府都难以化解的矛盾推给法院解决，法院也无能为力。多次协调会都没有结果，市委建议法院领导班子进行分工调整，要求我来分管民商事审判工作，把江纺公司破产案件解决。理由是我分管执行工作时，大刀阔斧，不畏艰难，守法创新，敢于担当，为市委、市政府解决了不少难题，在社会上有很好的口碑。这种情况下，党组决定进行分工调整了。突如其来的破产案件，依据新《企业破产法》的程序审理，对我来说是"大姑娘上轿头一回"，但总得有人去做。

这么多年我干重活难活干惯了，推辞和不担当不是我的性格。我始终认为，工作再难，总有解决的办法。劳心竭力地工作就是为了解决难题。要么不做，要做就得做好。该做的工作避不了、推不掉，何苦躲躲闪闪，给人滑头和不负责、不担当的印象呢。我讨厌那种会上发言讲大话，工作起来打太极的人。这种人生活中不能与之交友，工作中也难以与之共事。

2010年3月23日，分管工作交接。在初步掌握破产企业的情况后，我就组建合议庭，指定承办法官，让其移出手头的未结案件。我与合议庭集中精力研究与破产审判相关的工作，之所以没有自己担任审判长，是因为我向市委提出，破产企业法定代表人与我有同学关系。市委却要求我不当审判长可以，但要主抓这项工作，并在会议上指示，法院下午就立案。我半开玩笑地说："立案是法院决定的事情，市委怎么能做决定呢。下午立案不可能的。"一是我要熟悉一下情况，毕竟这是新《企业破产法》实施后的第一个破产案件；二是按程序要指导申请人补充有关证据材料，还要报中院指定管理人；三是要求市委、市政府协助配合的事项，法院要梳理出来提交市委讨论，并形成会议纪要。市委认为我说的有道理，便只指示要求尽快落实。

4月初，我带合议庭成员向中院汇报。听取汇报后认为：债务有1.4亿元，企业资产不足5000万元。若重整不能，资产又大幅度缩水，再宣告破产清算，引发的矛盾法院能否承受？江纺公司非国企又无国有股份，也非主导产业，政府主导推动有没有必要？同时指出，市政府对此要有维稳预案，法院要作风险评估，建议调研后向市委提交可行性分析报告。之后，院里召开审委会讨论江纺公司破产案件立案问题。有人担心一旦立案，信访压力就会推到法院。看得出第一个吃螃蟹的人是多么不易，但于我来说，这只螃蟹是吃定了。剩下的问题只是如何将它吃下，没有其他的退路。

50. 创设府院联动机制

2007年新《企业破产法》实施后至2010年,全国真正审理过破产案件的法院并不多。之前的破产案件是政府成立清算组,大多是国有(集体)企业,损失的是银行(其他债权人很少)。清算组是由政府和企业主管部门组成的,解决好职工问题就基本上搞定了所有的事情了。现在破产企业大多是民营的,债权人利益多元,诉求强烈,矛盾难以调和。而且新《企业破产法》是一套全新的市场化体系的破产法律制度。政府要参与,但政府要协助解决的是稳定和一些涉政策性问题。当时,新《企业破产法》实施后,浙江省绍兴中院已有"纵横集团"破产案件审结,我带合议庭法官和政府工作组的几位负责同志,集中几天时间去考察学习,并调研了几家省内纺织企业。通过考察学习、调研,全面分析江纺公司现状,与解困维稳工作组讨论,一致认为:江纺公司没有挽救价值和可能,不宜适用重整,只能走破产清算程序。而之前市委常委会会议决定:江纺公司破产走"立足重整、准备清算"思路。因此,要撰写一份报告提交市委常委会会议,讨论对之前的决议作出修正。考察调研情况汇报材料是以工作组名义起草,我把关,组长汇报。我认为汇报可以由工作组汇报,基调要法院定,案件是法院审理的,要掌握工作的主动权。

5月4日,市里召开市委常委会会议,听取江纺公司汇报。会议决议:法院要把江纺公司破产清算案件作为年度首要大事来抓,尽快受理,进入法律程序。同意法院提出的保留工作组的要求,但市委办、纪委、组织部派的人员抽回，原政府抽调人员全员留下，继续专职参与该项工作。

5月17日，我签发了江纺公司破产清算裁定书，法院正式受理了该案。该案是市委、市政府最关心的"大事、急事、难事"，给予了高度关注。我作为法院分管领导，工作压力是可想而知的。这压力不仅来自案件上要对法律精确把握，更为主要的是要处理好与政府各部门抽调来20多人组成的工作组的关系。这20多人是从各个办、局抽调来的精英，他们中有政府办副主任、各相关局的局长（抽调局长的局由副局长主持局里工作）、副局长、科长，正、副科级领导干部就10多人。他们在市解困维稳领导小组的领导下，从单位完全脱产专职驻到江纺公司协助破产工作。从支持工作的角度，与之关系处理得好，更有利于破产审判工作；关系处理得不好，会干扰破产审判，以及管理人的工作。第一个破产案件要审理好，这是精研法律并用之于实践的问题。协调好与工作小组的关系不仅是案件成功的标志，更对法院破产审判工作影响深远，对我来说这才是更大的考验。

案件进入程序后总体顺利，但与工作组在磨合期间还是有争执的。我坚持破产程序内的事由法院决定。工作组则认为其代表市委、市政府，都有权介入和决定。对于管理人要接受法院指导和监督，整个程序要按法律进行，这是我特别强调的。我的道理很简单：法院和管理人要对案件负责、对法律负责，而工作组是临时组织，不能承担什么责任，是特殊时期因特殊需要，而临时组成的协助配合机构。工作组的存在只是表明市委、市政府对法院破产审判工作的支持。我有责任把好法律关，不给市委、市政府添乱，更不能给案件留下隐患。一次，我和工作组负责人向市委副书记（该领导小组组长）汇报阶段性工作，书记肯定了我们的成绩。这时，工作组负责人向书记说出了心里的郁闷："书记，我想问一下，江纺公司的事到底听谁的？"书记说："法律的听徐院长的，维稳信访的工作组来做，要配合法院做好破产审判工作。"有了书记的定调，之前我强势坚持的分工就更加确定了。

第10章 分管民商事的副院长

之后我们合作得更加愉快，分工也愈来愈趋于精细明确。一年多下来，从私人感情上，我们建立了兄弟般的情谊；从破产审判工作上，构建了破产审判工作府院联动机制。浙江省高级人民法院及时总结并推广，其核心要义是：法院是破产程序的主导者，政府是破产事件的协调者和风险处置的组织者。我撰写了《破产法的无政府与破产程序之外有政府的碰撞——"府院联动"机制的诞生札记》，刊登在《破产法茶座》（第三卷）上。

2011年12月，债权人会议通过了破产财产分配方案，案件最终处理得非常成功。案件涉及千余名债权人，群体诉求多元而激烈，群体性地多次上访，在案件结束后，再也没有信访的。法院和工作组在工作结束后，还收到上访激烈债权组的锦旗。当然，值得一提的是，江纺公司的破产工作，对工作组成员来说，的确使其得到了全面的锻炼，培养了干部，后来工作组的许多干部都在重要岗位担任正职领导，有多名成为市级领导。

51. 别有所悟　风格依旧

案件结束后,该案例被浙江省高级人民法院作为当年"十大破产经典案例"发布。我编写了《江山市纺织有限公司破产清算案——创新+公平=和谐的分档累进递减分配方案》,被编入《人民法院案例选》(2013年第4辑)。我在案件审理期间思考撰写了《管理人制度若干问题研究——从破产清算视角的考察》,收录在《破产法论坛(第七辑)》里,并应邀参加了破产法论坛。第一个破产案件审结,创新了破产财产分配方案,创设了破产审判府院联动机制。从此,我踏上了企业破产法的实践之旅。

通过一年多的艰苦努力,有经验也有反思,别有一番所悟:雷厉风行做事,有时并不见得就好,再难的事,在不知不觉间就轻车熟路地完成了,就会被认为是容易的事,做和没做就差别不大了,很难看得出成绩。

相反,若做事经常向领导汇报,把简单事化成难事来做,难事当作天大的事来做,并分成不同的阶段,拟出完美的计划。然后,在不同的阶段要报告,中间还要弄出插曲,再作惊险的处理,最终很艰难地完成。如此,能力水平才能被肯定。

我能悟到却学不了。我的行事风格,是把最复杂的事用最简单的方法完成,化繁杂为简易。然后云淡风轻地了结,一蓑烟雨前行,也无风雨也无晴,不觉其苦也不大乐的一种淡然自在。我认为事是做出来的,看结果就明了了。所以如有必要,过程节点汇报一下就可以了。法院工作讲究程序,每个程序都不能疏忽。但随着互联网的发达,现在做事基本上是建台账、拍照或短视频、发微信，发得多就基本等于事做好了——不用到现场去感受。少说多做，只做不说，是老实人干的事。现代营销策略——酒好也怕巷子深，广告真的很重要。所以，现实中实干的人永远只是披挂上阵的战士，做不了只做示范"引而不发"的领导。

然而，我有时也喝口酒。如果真正的好酒，酿造在深巷子里，因为不打广告，有的就封存在大缸里储藏着，那样吸收天地精华地放着。某一天被记起来开封了，那奇香可就不是广告打造得出来的了。那就成了慕名争抢的好酒，成全了老话说的——酒好不怕巷子深。

《论语》开篇曰："人不知而不愠，不亦君子乎？"

52. 破产审判的苦与乐

江纺公司破产案件结束的第二年，又一家公司——安泰公司资金链断裂。公司有转移资产的嫌疑，一批债权人又以此为由到政府信访，向法院递交要求对安泰公司进行破产清算的申请。债务企业却做了有亲戚朋友关系的另一批债权人的工作，将近90多人签名的"不同意破产请愿书"送到政府和法院。受理还是不受理？两批债权人尖锐对立。

法院通过破产审判府院联动机制听取意见，倾向于受理。债务人得知信息，却在网上发布恐吓信："如果徐院长决定立案，就花几十万元雇人，砍去他的一只手！"并有人从上海打电话到我家里恐吓我，要求我不要受理破产申请。时任市委书记听到汇报后，非常气愤："竟敢威胁法院院长！"公安行动了，以非法吸收公众存款罪予以立案侦查，并对公司法定代表人实施刑事拘留，其父母取保候审。这样，破产案件受理后，协助工作组进驻了。信访的债权人也逐渐平息下来了，当然，有市委领导和市政府支持，威吓者也就收敛了。

管理人接管进入破产程序后发现，安泰公司的账户余额仅为1123.97元，两个月的职工工资未发放。老项目"东景苑"的78户购房者，商品房价款已付清，而房屋未竣工不能交付；新项目"老啤酒厂"工地建筑项目，留下一个10000m^2、深9m的深基坑，受理前已有一处深基坑护壁坍塌，却已签订了13户，已收购房款310万元。经审核确认，安泰公司总计债权人335人，其中一般债权有244人，债权总额共计35231.7747万元；特殊债权为购买商品房债权人91户。面对如此复杂的群体,破产工作共同体真是既"当爸又当妈",破产程序要去做,实体工程建设要去抓,那段时间,工作不分昼夜,有事就在现场指挥,随时开会研究解决问题,破产工作不言苦。

法院召开了第一次债权人会议,购房债权人单独作为一个债权组此前已召开了债权人会议,此次就选派2名代表列席。之前,法院指导管理人通过向银行贷款197万元作为启动资金,以完成"东景苑"的后续建设工程。当年10月,3幢78套商品房和37间商铺房通过竣工验收,顺利向购房户交付。

之后,府院联动机制派员外出招商引资,奔赴江西、杭州等地对有意向投资的客商进行实地考察。

第二次债权人会议,表决通过了破产财产变价方案及"老啤酒厂"工地商住综合项目恢复施工方案。次年3月,拍卖会经过23次举牌,某房地产有限公司以2.3亿元的高价竞得安泰公司最有价值的"老啤酒厂"工地项目,比债权人预期的1.9亿元的价格溢价4000万元。

对债权人反映强烈的债务人转移资产的问题,除了撤销"老啤酒厂"土地抵押登记,我们充分重视债权人的举报线索,通过管理人追收或行使撤销权诉讼等手段收回店面、商品房、贮藏室、别墅,建筑面积12311m^2;追回轿车、隐匿债权、房屋销售差价款等,追回破产财产变现金钱共计4000万元。

该案经过两次分配清偿比例达到了61%,取得了很好的法律效果和社会效果。债权人满意,债务人及触犯刑律的相关人员也受到应有的惩罚。安泰公司破产清算案,被浙江省高级人民法院评为"2013年全省十大经典案例"。

这两大破产案件的成功审理,为江山市人民法院的破产审判工作奠定了基础。市委、市政府从社会稳定和经济发展角度,给予充分肯定;社会各界也给予较高评价,企业也认识到了破产审判的价值。企业破产就信访的现象减少了,破产案件受理成为常态化。之后企业出现危机便会主动找法院,政府领导提前通报危机企业情况、咨询对策也更频繁了。

2014年，江山市人民政府成立了由常务副市长挂帅、分管金融工作副市长任常务副组长、相关部门人员组成的"工业企业破产协调工作领导小组"，建立了常态化破产工作协调机制。同年江山市人民法院被最高人民法院确定为"全国企业破产审理方式改革试点法院"。2015年5月，最高人民法院民事审判第二庭副庭长带一行人专程来江山市人民法院召开破产审判现场调研会议，全国破产审判试点法院及部分法院代表应邀参加。试点以来，最高人民法院第一站就到江山，这对江山市人民法院破产审判工作是极大的鼓励和鞭策。

2014年2月，我被中共衢州市委、市人民政府评为"2013年度全市'平安衢州'暨社会管理综合治理工作先进个人"。

2015年3月，我被浙江省衢州市中级人民法院荣记三等功。

53. 破出一片新天地

借此东风，我也加强了对破产审判工作的宣传。2015年6月，举行了"2010—2015年破产审判新闻发布会"。至此，已审结破产案件22件，涉债务总额43.99亿元，化解银行不良资产9.29亿元，盘活资产总数14.50亿元，释放土地资源1807亩，工业厂房面积数约29万平方米。我主持起草了《破产审判白皮书》，并向社会发布，还在《衢州日报》专版做了宣传。我在白皮书和媒体上提出：法人是法律拟制的人，企业也有个从"摇篮到坟墓"的生命周期，也有个生老病死的过程。和解，就是病症轻的，吃点药休息一下就康复；重整，病重一点，需要手术的，就要早点进行手术；破产清算，针对的是病入膏肓，无法救治、无挽救价值的企业。第一次提出了"法院是生病企业的医院"，通俗的破产宣传语言得到了业界的认同。

我和政府领导讲破产工作时是这样说：假如把一般招商引资比作养只小鸡，饲养至产出鸡蛋需要较长的时间。而破产重整则是在较短的时间给生病了的"母鸡"喂饲料或吃点药，马上就能产出鸡蛋。破产清算其实也是招商引资。

我也开始对《企业破产法》实践的经验进行了总结，把我对《企业破产法》的思考、实践中行之有效的做法进行梳理。我的想法很简单：写一本破产法钥匙的书，就像老农告诉你如何耕种，什么时间犁田、下种、锄草，注意什么，何时收获，这样一本破产界同人（我们称为"破人"）的实践技能之书。我的第一本著作《破产法实践指南》，2016年1月由法律出版社出版。

出版后获得极大成功，到12月就第3次印刷了，之后又印刷了3次。真正成为"破人"的工具书，为《企业破产法》全面实施以及破产审判起到推波助澜的作用。

2016年3月，江山市人民政府与江山市人民法院联合出台《关于"府院联动"加快处置"僵尸企业"助推经济转型升级的意见》，联合构建社会分工联动、企业风险监测预警、困难企业差异化处置、主办银行会商帮扶、企业破产工作保障、恶意逃废债行为的联合惩戒等六大机制。同时按工业、商贸流通业、建筑房地产业分别成立破产工作协调领导小组，负责"僵尸企业"甄别、破产财产处置配合、存量资源招商、信访维稳等工作，配合和保障法院破产审判有序开展、稳妥推进。6月，江山市人民法院与江山市财政局联合出台《破产费用专项基金管理和使用办法》，确定建立由市政府财政拨款和市法院按比例从有产可破的破产案件管理人报酬中约定提取资金组成的专项基金，用于企业破产无财产支付破产费用的破产清算案件所必需的破产费用及管理人报酬等。同月，首期100万元破产费用专项基金拨付到位。此外，江山市编办给法院额外增加了4名编外用工人员编制、经费，以解决破产审判辅助人员短缺问题。

2016年3月，我被中共浙江省委、浙江省人民政府评为"2014—2015年度全省社会治安综合治理先进个人"。2016年，我被江山市人民政府荣记三等功。个人受到政府隆重的表彰，这在江山市人民法院还是第一次。

我每届都参加中国破产法论坛，与全国各地破产法专家、法官、学者探讨破产理论与实务难题，为江山市人民法院破产审判工作融入更多鲜活的理论指导和经验借鉴。江山市人民法院也先后迎接了山东、上海、山西、安徽、江苏、江西、四川、重庆、河南、福建、浙江等地60多家法院、政府人员来江切磋交流，共同探讨破产案件审理难题，相互学习借鉴破产审判经验。

2017年6月，中国人民大学聘请我担任中国人民大学破产法研究中心研究员。

"2015—2018年破产审判新闻发布会"召开，至此已经审结了破产案件67件，促成21家企业重新焕发生机、46家企业有序退出市场，累计盘活资产近24.01亿元，化解债务总额53.84亿元，化解金融债务31.25亿元，安置职工1880人，释放工业土地809.3亩、厂房建筑面积35.53万平方米，新增产值17.94亿元，新增利税1.58亿元。

2018年6月，经过修订的《破产法实践指南》第2版出版，至2019年年底已第3次印刷了。

2019年5月，山东省法学会授予我"山东省法学会企业破产与重组研究会智库专家"的称号。

2019年12月，我被浙江大学光华法学院聘为浙江大学光华法学院破产法研究中心研究员。

2020年9月，我被选举为浙江省法学会破产法学研究会常务理事。

到2021年6月，我已经审结破产案件150件。每年撰写3篇以上论文发表于《破产法论坛》《破产法茶座》《破产法实务前沿》《中国破产审判的司法进路与裁判思维》《破产法信札》《人民法院案例选》《法治研究》《浙江审判》《人民法院报》等期刊、报纸上。以专家组成员的身份编写出版了《破产纠纷案件裁判规则》。以"破产实务前沿"编委委员的身份参与编辑出版了《破产执业者及行业自治》《破产重整实务指南》。

以我多年破产法的实践经验，选任破产审判法官要选合适的人：法律知识综合全面，智慧创新善于协调，审判执行经验丰富，金融、企业、财务都要懂，服务大局，廉洁自律，有魅力、敢担当，有情怀、讲奉献等。我的理解是，破产法官与医者同道，古人所谓的"悬壶济世"——医者仁心，以医技普济众生；而法律人是悬法律之术、市场之道，救企业于危困，清理债权债务于公平。管理人也与医者同道，充当护士角色。其使命之特殊，于社会利益之巨大。所以，从事破产事业的法官（包括管理人）应对这份事业，要怀有敬畏之心、敬业的精神、慈悲的胸襟，要谨慎用心如救人性命。

　　破产法官与医者同道，因此，破产法官同样会遇到"医闹"。我也受到过诬告、攻击，但我能忍受那些诬告和恶意攻击。我没有时间去辩解，也用不着为此去解释，就当作为破产审判工作做宣传吧。只要自己真诚地去实践企业破产法，以仁爱之心为债权人、债务人做有益的工作，为了大局的稳定、经济社会的发展，个人受点委屈算不了什么。这只会推动我更加坚毅前行，无怨无悔为企业破产法的实践开辟道路。

　　破产审判是一门需要长期实践的艺术，破产工作也是一项美丽的事业，全身心投入了，就会觉得其乐无穷，就会觉得选择这行，此生值得。

54. 基层法官要全面也要精一

我担任院副院长以来，除了刑庭没有分管过，所有庭、室、队都分管过，包括立案、信访、研究室、审管办等。民商事审判从法院整体审判工作量来说，应当是三分天下有其二吧。破产审判从专业审判组到破产庭外，我分管民商事一直强调业有所专，基层法院的法官业务既要全面，也要精一。我让法官通过自愿选择、选择爱好、以庭为主、全院平衡，组建了劳动争议、建设工程合同纠纷、公司纠纷、家事纠纷等专业审判组。这样能有所侧重，能做出亮点、特色，能总结审判经验；能够培养各个审判领域的行家里手。通过专业法官业有所专，带动法官素质的全面提高，办案效率和案件质量也得到大幅度提升。在基层法院会被临时邀请参加市委、市政府协调会议，其实是重大决策或疑难问题的法律咨询。法院去的人是应对法律专项考试的，政府层面已经研究了较长时间，最后就是听法院的意见。法院提供的法律建议有真知灼见，也可以提高法院的地位。所以，每次去我都会提前做好准备，确保说到要害处。

作为基层法院法官，如果都要求其专门审理一个类型的案件，那是不现实的，而是要相对固定，兼顾其他案件。这样尝试取得的效果是明显的。江山市人民法院的破产审判在全国有了一定的知名度，劳动争议案件在衢州各法院中也很出色。

家事审判已经在构建诉讼程序新路径。转变了家事审判理念，我概括为三句话："为家庭疗伤，为社会减压，为传统续脉。"2017年5月，我撰写的

《论家事审判的改革路径——以浙江省江山法院家事审判改革为视角》获上海市高级人民法院主办的"家事审判法官论坛"颁发的优秀奖。2018年2月1日，我主持的课题组撰写的《妥善化解家事纠纷　切实维护社会和谐——浙江江山法院家事审判工作的调研报告》在《人民法院报》发表。

我还探索建立了案后跟踪、结案后回访及帮扶等制度，延伸了司法触角，巩固了修复关系或平复创伤的成果。如一件离婚纠纷诉讼案件，妻子因听力残疾、脾气急躁，又因其要扩大养殖场投资，思想保守的丈夫却要妻子以家庭为主，双方僵持着，矛盾得不到解决而走向离婚。经调解离婚后，法官随后进行了回访及帮扶，女方终于得到银行贷款，扩大了养殖场。男方抚养儿子，有时抽空还帮女方干些活，虽然双方离婚却更像朋友一样。以该案例还拍摄了《和风化冰》家事审判专题片，在电视台播出，《法制日报》也作了相关报道。父女之间因家庭成员借款而产生纠纷的案件，中国教育电视台《法治天下》制作了《父女之争》专题栏目。应当说，江山市人民法院的家事审判已呈现特色，初具拓展的广阔空间。

55. 信服判决的是人心

同案同判关系到司法公正与人民群众对司法的信任度，也是树立司法权威的必然要求。有两件因溺水死亡的赔偿案件，同样是新农村美化治理乡村而修缮池塘，同样是在村池塘落水而死亡要求村组织赔偿，不同法官判赔的标准差距很大。支付赔偿款多的那个村支部书记是市人大代表，对这份判决意见很大。因此，在我分管民事庭那年的夏末秋初，一下子有七八件溺水死亡的人身损害赔偿案件，这引起了我的重视。我要求，凡是这类案件都要作为大案、要案报分管院长，并由分管院长主持法官会议讨论后下判，同类案件同判的理由要写清楚，不同案件不同之处以及判决理由也要写清楚；涉及农村美化整治的要向乡（镇）、村组织发出司法建议，强调"美化为了人，好事办好、安全做到"。对于自然流水形成的河道、溪水，乡村没有责任的，不该赔偿的坚持依法驳回，不能和稀泥地调解或支持部分赔偿判决。这批案件结案后，结合所发的司法建议，取得很好的法律效果和社会效果。之后，在我分管期间，这类诉讼案件减少，一是施工管理单位安全防范意识加强了，二是人民调解有案例可循了，三是无谓的诉讼减少了。

诉讼需要引导，判决就是示范。我观看过影片《真水无香》。电影是以宋鱼水为原型拍的，讲的是法治建设时期，法官工作的艰难和尴尬，老百姓不懂法，解决纠纷的法官必须依法解决，就出现了情与法的冲突。宋鱼水法官能够处理得很好，使当事人"胜败皆服"。当判决的重担要无情压向弱者时，法官可伸出有情的手来调解。调解成功中有法律的温暖。

然而，法官要做到使当事人"胜败皆服"，也只有亲身经历过，才知道有多难。现实中就有个别当事人就是不可理喻的。对于这种当事人，法官在他面前才是个"弱者"。因为无论法官如何释明，把法律、道理、情与法和他说上千百遍，他就是不听，而且坚持两个字"不服"。

某案件中，原告将一笔数目不菲的款项出借他人，他人又转借给某房地产开发公司。之后，三方约定他人对原告的债务转移给某房地产开发公司，该公司对账后向原告出具了借条。该公司向原告支付了一段时间的利息，两年后公司进入破产清算程序。原告向管理人申报了债权，并对债权表记载的债权有异议，便向受理破产申请的法院提起了诉讼。该法院认为债务转移行为无效，与原债务人的债权债务关系，原告可另行主张权利。原告向江山市人民法院起诉原债务人，本院以债务转让协议合法有效，其不能将已经转移的债务向债务受让人主张未果，转而又向原债务人主张权利。判决驳回原告的诉讼请求。

该原告不服判决，多次纠缠承办法官，扬言要杀了该法官。承办法官向我汇报后，我接待了该当事人，并邀请其代理律师参加。我耐心释明，劝他理性对待，不服可以通过上诉来解决。但是，他非常激动："你是院长，那个法院不支持，你这个法院也不支持。我老百姓没有活路，我要连你把法院的人杀上十个！"他的律师在边上劝道："你不要激动，院长说的是对的，我们可以上诉。"他又对着律师一顿臭骂："我雇了你这种律师，与法官串通一气，狗屁都不如！"这时，他全身发抖、满脸通红。我知道今天的谈话继续不下去了。我说："你先回去吧，把我对你说的话想一想，有疑问可以给我打电话。"

案件的判决并没有错，但于当事人来讲，他确实是想不通的。"彼"法院认为债务并未转移，"此"法院却认为该债务转移合法有效。他确实给弄糊涂了，因此才出现这种过激的行为。我心里清楚，这案件只能通过上诉，由中院进行协调了，我也不能同当事人说哪个法院判得对，只能点到为止，劝其上诉而已。

他终于同意上诉了，但仍不停电话催促，要求我让中院快点把这案件处理好。有时一天几十个电话，夜晚两次到承办案件的庭长家里，扬言要杀庭长。公安出警了，因其身有疾病而没有拘留。庭长不胜其烦，我在电话里警告他再不得做出如此之行为。

一天上午，他又打来电话："中院到现在也不给我处理，肯定是你应付我。我晚上到你家里，先把你杀掉！"我知道他可能真的会来，但不能怕，也不能无准备。我把这件事向市委政法委书记和中院分管院长作了汇报，并要求法警晚上做好应急准备。有备无患，但最好的办法是"不战而屈人之兵"。我知道他与公安局的某同志私人关系较好，通过他传达信息是合适的做法。我打电话给该同志："你认识的某（原告），扬言今晚要杀我。我已向某书记作了汇报，抵挡上门杀人者，将其打死或伤残属正当防卫，你是知道的。法警我已布置，到时可能需要公安出警，希望你方到时能配合。不过，这件事你也不用告诉某了。"其实，我清楚他会告诉原告的，他也心明其实我是要他劝阻原告。

晚上八点左右，他（原告）来电话了："徐院长，我白天是激动时说的胡话。请你不要介意，原谅我，我不会上你家来的。"这事以后，他也没有再到庭长家里去闹了。

这个案件很折腾，那个破产管辖法院先是启动再审程序，当事人不服判决结果上诉，上诉后又被中院发回重审。重审作出判决后，再上诉，最后被中院改判。江山市人民法院上诉的案件，中院中止审理。那个案件改判了，上诉人撤回上诉。案件才算了结。一审原告因"不服"的纠缠也真正结束。

此案件由于立案登记收了,法官判了,没有审查移送管辖权是造成信访的原因。但"彼"法院和"此"法院,对当事人来讲,都是法院,他就是不服,针对哪个法院都没错。服与不服判决的主体是人,公正的感受不是案,但缘由是案件的处理。所以,信服判决的是人心。

56. 民事审判要关心人

除了破产案件，我喜欢办一些疑难新型的案件。审理这样的案件，富有挑战性，也能提高自己。真正做到"繁案精审"，有利于总结提高。

我院的法官在审理中遇到疑难复杂案件也愿意向我汇报，我也愿意与法官进行交流。这天，某法官来汇报健康权、身体权纠纷案件，庭开了以后，证据认定不下来，判不了。我一听，这是一个极好的案件，我说："案件移给我办，我来当审判长。"

原告徐某在上小学。两被告系夫妻，被告吴某经营一家文身店。2017年，未满13周岁的原告徐某陆续到被告吴某经营的文身店及周边其他文身店，进行大面积文身。其中，被告吴某为原告所文的有左、右手指上的各一个圈，脚上的鬼面，左胸的龙及左手臂的图案。原告父母得知被告为原告文身后，特地向被告嘱咐过不能再为原告文身，但被告仍再次为原告进行了左手臂大面积的文身。由于原告身体外露部位的文身面积过大，同年9月1日，学校向原告及其父母发出休学通知书，表示因原告的文身对学校的校容校貌有较大影响，故决定原告暂时休学，建议对原告全身文身进行清洗，同时必须清洗至身体外露部位不再有明显文身时方可继续上学，保证在校期间不得裸露文身部位，并承诺不再进行文身。原告在其监护人陪同下前往杭州医院清洗文身，左手臂文身清洗一次费用为9000多元。

另查明，文身超过一定面积，参军、招录公务员体检为不合格。

法院判决认为：公民享有身体权、健康权，人格利益应受法律保护。行为人因过错侵害他人民事权益，应当承担侵权责任。未成年人是每个家庭的希望，也是祖国的未来，保护未成年人健康成长需要全社会共同努力。全社会应当树立尊重、保护、教育未成年人的良好风尚，关心、爱护未成年人。本案中，原告文身时未满十三周岁，其智力发展尚未成熟，大面积文身已超出了其认知和识别能力，尚不足以完全理解大面积文身所造成的不良后果。且原告正处于逆反期，这个阶段的反抗心理是少年儿童普遍存在的一种心理特征。被告吴某明知原告处于逆反期，也明知原告父母禁止其文身，仍为原告实施大面积文身，给原告的身心健康及人格利益造成了侵害，理应承担相应的侵权责任。同时，原告父母对未成年人的原告负有抚养、教育和保护义务，未能保护好未成年原告的人身安全免受侵害；原告作为一名初中生，在父母明确制止后仍去文身，对损害的发生也有过错。基于以上的理由，可以减轻侵权人的责任。本院酌情确定由被告吴某对原告的损害后果承担50%的赔偿责任为宜。为了弥补原告身体上伤害及人格利益的受损，本院酌情确定被告赔偿原告精神损害抚慰金15000元。故对原告主张的合理诉讼请求，本院予以支持。但被告徐某芳未对原告实施过文身行为，原告要求其承担共同侵权责任，无事实和法律依据，本院不予支持。

判决：被告吴某返还原告徐某文身费用1000元，并赔偿原告徐某医疗费、交通费、误工费、住宿费等合理损失合计10000.27元的50%即5000元；并赔偿原告徐某精神损害抚慰金15000元；驳回原告徐某的其他诉讼请求。

该案的判决取得了良好的法律效果，中央电视台的《今日说法》《法庭内外》、中国教育电视台的《法治天下》等四家栏目制作专题节目。我去参与制作了节目，还参观了央视大楼的内部。为此，向市教育局所发的司法建议，不仅得到教育部门的重视，也被《人民法院报》登载，案例被《浙江审判》登载。相关报纸也争相作了报道，以判决引领社会的善良风俗。《中国青年报》的记者还专门采访我，于2019年8月7日在第5版专版登载了《被文身困住的少年》。

民事案件审理的是纠纷，其实质解决的是人的问题。法官要秉持法律，以人为本，关爱人的身体也关爱人的身心。通过典型案件的审理、宣传，来参与社会治理，构建良好的社会秩序，弘扬社会正义。不能简单办案，更忌和稀泥式的调解。

2020年3月，我被浙江省高级人民法院授予"第四届全省审判业务专家"的称号。

57. 民事法官要真善仁慈

民事法官每天处理的案件，无一不是与民众身心生活息息相关的。做个民事法官不容易，也是挺自豪的事情。我经常与法官们讲，法院是社会正义的最后一道防线。这说的是，如果人民群众到法院都得不到公平正义，那么整个社会都会暗无天日。说得如此严重，其实强调的是如果最后一道防线都守不住正义，让人民群众再到哪里去寻找公平正义？民事法官就要以真善仁慈对待每个当事人，才能对得起民族、国家与自己。

真，是要求法官处理案件坚持以事实为基础。这事实不仅是为证据所证明的，也是法官内心所确信的。只有如此，方能不为诉讼技巧多出者所遮蔽，不使无力诉讼者而蒙屈。在基层法院，有的当事人自己限于知识水平不高表达不清楚，受经济条件限制又请不起律师；而对方当事人不仅能言善辩，而且能聘请较好的律师。在这种双方能力极不对称的情况下，要求真，就是法官内心的实质正义，不能简单称平等，而漠视公正。如果不能依职权去调查取证，至少要做到不轻率判决。可以采用调解劝导，通过引导优势方良心发现，来校准对弱势方不公的太多偏斜。善，要求法官要以人为本、关爱他人。不论贫富贵贱、美丑好恶，都平等对待。其实，在法官眼里也没有贫、富、贵、贱、美、丑、好、恶，法官的眼里只有当事人。在真善的基础上，法官胸怀仁慈。仁是法官为当事人化解矛盾纠纷，春风化雨，和谐公正，让其重回到有序与安宁的生活生产中。慈是真切地感受纠纷中当事人的痛苦和不幸，法官要以法律的公平公正，及时雨般滋润，让其内心得到安慰。

如我参与调解的两家企业股权收购合同纠纷，标的达 4000 多万元。原、被告的法定代表人是表兄弟关系，被告脾气倔强不善言语，原告精明且请了大城市来的律师。承办法官向我汇报，若依法判决怕引出不良社会后果。我带承办法官走访了两家企业，得知纠纷起因于原告的不当闲言伤害了被告的家庭。被告把要求的道德水准当作对方义务，来对待自己合同的履行。这种案件若判决原告胜诉，在程序上没有问题。但被告败诉很大可能会对抗执行，不利于企业的后续经营；被告家庭因闲言而生出缝隙，原告赢了官司会加剧这缝隙，说不定就毁了一个家庭。甚至有可能生出刑事案件的后果。于是通过调解，促使原、被告法定代表人诚恳坐下，解释、沟通，最终两个企业家握手言和、调解成功。企业好了家庭也和睦了。

调解，法官必要时可以把简单问题的复杂化处理，所谓的复杂化是以负责的态度，考察纠纷背后实情、原因，用老中医的方法，综合诊治，全面调理，彻底治愈。所以我说，如果把法官比作医生，把纠纷当作病，那么在诉讼程序中，调解是中医，判决是西医。但对有些久调不解的案，就只有判决，当判则判。判决就要去掉与诉讼请求无关的枝枝蔓蔓，"桥归桥、路归路"，诉请什么判什么。把复杂事情简单化，通过对请求法律关系的逐级类型化而最终简单化。也就是在固定权利请求的基础上，确定权利请求基础规范，即指据以支持原告诉讼请求的法律规范。

基层法官面对的诉讼群体，文化水平参差不齐，还要善于用人民群众听得懂的语言讲法律。如《吕氏春秋》中讲的孔子马逸的故事：孔子行路休息时，马跑了，吃了人家的庄稼，有个种田人牵走了他的马。子贡请求去说服那个人，之乎者也的，道理讲了一大通，费尽了口舌，那个种田人就是不听，当然要不回马了。有个刚刚从农村里来做孔子学生的人请求前去说服，他对那位农民说："子不耕于东海，吾不耕于西海也。吾马何不食子之禾？"你不在东海耕田，我不在西海耕田，我们相隔不算远，我的马怎么能不吃你庄稼呢？那个种田人听了非常高兴，对他说："说亦皆如此其辩也，独如向之人？"解马而与之。都像你这样说话不是挺明白的吗，哪像刚才那个人？于是解开马交还给他。

所以，如果庭审非得强调法言法语，至少调解时可以说得接地气些。当然，要根据当事人的情况、有无代理律师，来确定恰当的表达方式，在基层办案要掌握群众语言，把法律语言转化成人民群众听得懂的语言。

什么案件简作繁处理？繁多费了时间，为的是化解纠纷，也为了社会利益。什么案件删繁就简？社会需要个案正义，判决引导社会善良风俗。法官是全凭自己的审判经验，经验往往都与年龄有关的。有个基层的年轻法官审理离婚案件时，当事人问："你结过婚，生过孩子吗？"这时，年轻法官脸红红的。我知道后说，以后离婚案件分给年龄稍微大点的法官办，这样给当事人看来至少在形式上也庄重些。

民事法官以仁慈心对人，就能理解人、宽容人、原谅人性的弱点，宽囿人一般罪过，不记仇，不生报复心；已有清静心，就能心地光明，不妄想纷飞，心平如水，能映照一切，是非对错，如镜照物，依法为尺，自有方寸。仁慈心对人宽厚无怨怼，清静心对己胸中无烦恼。

第 11 章

审判委员会委员

58. 要有坚守法律的底气

自 2002 年 5 月 29 日市人大常委会任命我为江山市人民法院审判委员会委员起，到 2022 年 2 月，20 年的审判委员会委员生涯，使我在审判、执行工作全方位得到了锻炼。因为，民商、行政、刑事、执行、立案、信访等所有疑难复杂的案件，每次我参与了讨论，都是对自己业务能力的一次检验，也是我补充没有分管过的部门的专业知识业务的学习机会。因此，每次讨论前，我都要先读提交的审委会报告，研讨一遍相关法律条文、相关案例，以形成自己的见解。基层法院审判委员会委员，是基层到达这个层面的法官全面法律素养养成的最好平台。如刑事审判我没有分管过，每次参加讨论就是补我刑事审判方面的不足，通过案件讨论分析，思考总结提高自己。在审判委员会上刑事案件又讨论得最多，我对刑事审判虽没有分管过，但几十年下来，我也基本掌握了刑事审判的规律。这对于所有方面都要懂的"万金油"基层法官来说，是最好的锻炼。

记得我担任审委会委员不久，就要参与讨论当时在当地影响很大的刑事案件。那是某水库建设，需要动迁一个村的居民，可世代居住的土地对村民来说，有不舍的乡土情结，加上得知邻县水库移民的补偿标准远高于该村的搬迁补偿。没有对比就没有伤害，村民与政府谈不拢，就组织起来拒绝搬迁和政府对抗。不管政府如何动员劝说，村民的对抗行为越来越激烈，发展成为对政府工作组暴力对抗，暴力伤害工作人员，甚至到政府大院围攻，中午抢占同一个大院里的法院食堂。此事件影响之大，近几年发生的社会事件以此为最。市委书记为此事大伤脑筋，最后事态平息下来，为首的多人因触犯刑律被追究刑事责任。犯罪嫌疑人被起诉到法院，市委领导提出要严厉打击，顶格量刑。法院审理后，合议庭提交审判委员会讨论。大部分审委会委员认为书记发话了，该事件影响江山市的经济建设，犯罪行为恶劣，应当从重判决。事件在当时的影响，从近期来说阻碍建设工期，从长远来说，对往后重大建设的搬迁工作也不利，再说行为构成犯罪必须打击。然而，对法律人来说，理性、公正、依法办案是首位的，还得考虑对公民合法权益的保护，以及法律参与社会治理对稳定社会秩序的意义。轮到我发表意见时，我认为，事情虽然严重，但被告人的动机不是颠覆政府，也不是反社会，他们只是一群农民，因为重乡土的情结，因为补偿的问题，真正的动机还是为了自身的利益。在当前的环境下，对于不富裕的山区农民，趁这千载难逢的机会争取自己的利益，保护自己的合法财产。其行为虽触犯了刑律，应当追究刑事责任；但其情有可原，不应承担过重的罪责。施刑的目的，还在于对农民的教育，个人的利益要依法保护，长远利众利益更要顾及。不宜一味地过重，否则还会带来后续的村民抵触情绪反弹，以及被告人出狱后的反社会行为或信访不停。许多委员认为有理，也改变了态度，最后审判委员会决定适当量刑，略高于起点刑。该案判决宣判后，社会效果很好，政治效果也达到了。犯罪人服刑期间和出狱后都平稳。市委对此事件的处理与法院对此案的判决，应当说是很成功的。审判委员会讨论对此案作出决定，值得总结的是，如何正确对待上级领导指示的问题？那就是：领导指示要认真对待、尊重，但对于法官断案来说，任何时候心中只有法律，法律才是对案件查明事实后作出的最高指示。

59. 实践中空白问题的应对

2010年前后,江山市的担保公司民间借贷暴雷,非法集资、非法吸收公众存款犯罪案件激增。这种情况浙江省温州市比江山市早出现两三年,浙江省其他县市比江山市后出现两三年,之后,全国多地出现。江山市人民政府专门成立了"民间非法融资协同处置办公室"(简称协处办),来协助公安机关清理财产、追赃、维稳等。在这样一种大背景下,公安机关与协处办配合已经完成追赃,人民法院对移送的案件判决依法予以追缴或者责令退赔。众多被害人得到追赃款项的统一分配后仍不能弥补损失的(法人企业通过破产程序的除外),已经通过刑事诉讼程序处理的还能不能向人民法院民事审判庭另行提起民事诉讼?那时,我作为分管立案的副院长,认为人民法院不应再受理该类的民事诉讼。我的理由如下:

非法集资犯罪、非法吸收公众存款犯罪,已经经过政府成立的协处办配合公安机关,应追赃的都已尽追了。而且因为该类犯罪,被害人人数众多,受害人中有的对犯罪嫌疑人是很熟悉的,知道财产线索的不可能不举报和提供线索。追赃和处置得来的款项,都是统一分配的。刑事判决主文有继续追缴的规定。即使有新的财产线索,可以向协处办处置或者向人民法院申请执行。如果还能提出民事诉讼,这不是"一事再理"吗?应当不予受理。

我认为不予受理,这符合一事不再理原则。既然刑事判决追缴或责令退赔,又再次受理被害人就同一事实、同一诉讼请求(同一财产损失)提起的民事诉讼,属重复起诉吧。再说,刑事程序中被追缴、退赔的情况,人民法院可以作为量刑情节予以考虑；民事判决书生效后执行的情况，就无法作为量刑情节予以考虑，就会出现法律适用的平衡问题。何况，当时此类案件的被害人因犯罪行为遭受的损失，是由公安机关和协处办统一追赃完成后，对受害人进行集体分配清偿的，如同破产财产分配。这样，与《企业破产法》也有个平衡的问题。

还有一个实践中突出的问题，就是那时辖区该类刑事案件超过百件之多，每个案件的受害人少的数十人，多的几千人，已经经过刑事追赃和退赔，能处置的财产也多作处理了。再通过民事诉讼，还有执行的可能吗？不仅浪费司法资源，也徒增人民法院的工作压力——要增加多少民事诉讼案件、执行案件？

为此，我指示立案庭该类案件不予立案。但《最高人民法院关于刑事附带民事诉讼范围问题的规定》（2000年12月4日最高人民法院审判委员会第1148次会议通过，法释〔2000〕47号，已失效），第5条规定："犯罪分子非法占有、处置被害人财产而使其遭受物质损失的，人民法院应当依法予以追缴或者责令退赔。被追缴、退赔的情况，人民法院可以作为量刑情节予以考虑。经过追缴或者退赔仍不能弥补损失，被害人向人民法院民事审判庭另行提起民事诉讼的，人民法院可以受理。"

有的受害人据此，反映法院不立案是没有法律依据的，为此还去信访。于是，我认为有必要提交审判委员会讨论。讨论对司法解释的"人民法院可以受理"，针对辖区的现状到底是"可以"还是"不可以"。讨论没有形成统一意见，于是决定向上级法院请示。

这说明基层法院能最及时发现法律的不明确或空白问题，"春江水暖鸭先知"。在知"无"的情况下，既缺乏填补的能力更没有填补的权力，工作中如何权衡解决，就会遇到真难题。逐级请示，层层到最高人民法院，最后制定出司法解释，那就要很长的时间。基层法院法官不适用司法解释的规定，作出的司法行为，是要冒很大风险的；而机械地适应滞后的司法解释，同样后者是严重的。这也是基层法官力小而责任重的原因。

这一问题直到 2019 年以后，实务界才有了基本统一的意见：非法吸收公众存款或集资诈骗采取刑事集中处理的司法机制，当事人的民事权利通过刑事追赃退赔的方式解决，只要刑事程序中没有出现不构成相应涉众犯罪的处理结果，不应再继续或重新启动民事诉讼或执行程序。亦即当事人再另行提起民事诉讼的，按"一事不再理"原则，不予受理或驳回起诉。

60. 不能空转程序迟延正义

我担任审判委员会委员时，在退休前几天，还讨论了两个再审案件。我却提出都不需要启动再审，只要工作做到位都是能解决的。其中一件案件提交讨论的是：被告的身份证卷宗内复印件和判决书中的身份证号码是"0"，而执行调查发现身份证该序位的数字是"1"；姓名为王大"壮"而判决书为王大"状"。执行案件承办人认为判决有错误，案件不能执行，需要提起再审。前面几位审委会委员认为应当提起再审。轮到我发表意见时，我则认为承办人工作可深入些，不要流于表面地审查。案件到了执行阶段，从立案到现在提交讨论已经三个月了，执行调查做了些什么？建议到公安机关调查核实身份信息，再用留在证据里的电话号码向判决书上的被告电话核实一下。院长主持，他同意按此意见调查，但调查后需要复议，下午提交复议。经查得："王大状"身份证号码出生日期该位是"1"。对比卷宗复印件"0"变造明显；"壮"看不出，照片明显是同一人。法官中午用留存案卷中的电话号码，打通了判决书上的被告并进行了通话，被告承认留给原告的身份证复印件是变造过的，确定照片是本人，愿意按判决书确定的内容履行。

这种类似的情况，我分管执行期间也遇到过。被告是有字号的个体工商户，登记的字号是"有意思"。"有意思"的雇员在工作期间因地面滑而摔倒，致其小腿处骨折。该雇员提出民事赔偿诉讼到法院，法院判决"有意思"赔偿原告损失。判决生效后，雇员申请执行"有意思"，执行人员去执行现场发现，原"有意思"的登记的字号和店牌改名为"意思有"。向我汇报，该案件是否需要启动再审。《最高人民法院关于适用〈中华人民共和国民事诉讼法〉的解释》（2022年已修正）第59条第1款规定："在诉讼中，个体工商户以营业执照上登记的经营者为当事人。有字号的，以营业执照上登记的字号为当事人，但应当同时注明字号经营者的基本信息。"机械地理解，所申请的判决书上的被告是"有意思"，执行程序中被执行人（判决书里被告）变成了"意思有"，显然不是同一主体了。我问承办人，他回答：执行调查"意思有"字号经营者的基本信息仍是原"有意思"字号的经营者信息。该经营者是外县的，于是我与执行人员一同前往该经营者的居住地，查询了某银行有该经营者的存款并实施了冻结措施。法律依据是，个体工商户的债务，个人经营的，以个人财产承担。冻结后通知该经营者到当地法院，经过法律宣传教育，告知其不履行生效法律文书的后果。被执行人在做笔录时主动承认其是为了逃避执行故意变更了字号，经营者还是本人，并愿意履行生效法律文书上确定的义务。下午解封后，其自动履行了还款义务。执行案件也就这样履行了。虽然名义上被执行人是字号，实际是个人经营者承担财产责任，只因为司法解释要求把字号作为诉讼当事人。

案多人少的矛盾在基层法院突出，法官工作繁忙。在这种情况下，更需要提高效率，而提高效率的途径之一，就是要避免程序空转，为了形式上的正确，而忽视内容或实质上的本真。案件的最终结果就是原来的结果，非要为所谓形式看似正确而走程序，一审再审绕了一大圈，最终得到的结果却还是原来的结果。自己内部折腾不说，对当事人来说苦等来的是迟来的正义。

值得注意的是，基层法院提交审判委员会讨论的案件，有因为对法律机械理解，司法、执法中不知权变的；有因为承办人怕承担责任，按审判委员会讨论决定，可以自己减轻责任或不承担责任的。当然，也有迫于外界的压力，通过审判委员会讨论的集体决定，来化解或减轻个人或合议庭成员的压力，变个人承担为集体担当。因此，对不需要上审判委员会讨论的案件，就要挡回；确需要审判委员会讨论的，则要及时讨论。审判委员会委员应当说是法官里的精英，是重要的司法资源，精力要用在刀刃上。

61. 相信接地气的朴素正义

基层法院审判委员会讨论的问题也有存在重大争议的，提出者基于一种敏锐感觉和对法律的真诚理解，当时法律司法解释并无相关规定，而审理的案件却是迫切需要其作出判决的。

具有代表性的就是破产案件衍生诉讼，债权人请求担保人承担担保责任，并主张担保债务人自人民法院受理破产申请之日起继续计息的，人民法院是否支持？这种案件在2012年就遇到过两件，破产程序等不及层层请示的到来，考虑破产案件现实情况，一般个案还可以等待请示，但破产案件的衍生诉讼是需要及时作出判决的。我是主张不予支持，并要求提交审判委员会讨论决定。我阐述判决理由后，审判委员会讨论通过也就先这样决定下来。但若干年后，省高院有了指导意见，债权人请求担保人承担担保责任，并主张担保债务人自人民法院受理破产申请之日起继续计息的，人民法院应当支持。

曾为此问题，我与国内多位知名破产法学者进行过探讨，他们的观点也都支持应当支持利息。理由是尊重破产法特别法之外的担保法。我则认为无论从社会公平正义、还是破产风险分担原则，以及担保人在破产语境下不能行使追偿权等理由，都应当停止计息。从社会公平正义论，担保人是无偿地为债权人提供担保的，而且债权人大多是有优势地位的资金提供者，且担保人与债务人一般是基于情谊或生意关系上的联系，自愿或并不十分自愿地承担担保的风险。这方面来说，是担保人促成交易的好事行为。从破产风险分担原则，是债务人破产时造成债权损失的风险，所有债权人都要承担不能清偿部分的损失。对债务人的特定财产享有担保权的债权人相比无财产担保的债权人，不能清偿的部分因享有担保权而得以清偿。若要求担保人再支付自破产申请受理时起至债权清偿全部之日所附利息，有违担保合同是主债权债务合同的从合同。主债权债务合同的担保债权因法定原因停止计息，担保债务也应不计算这部分利息。如果机械地理解特别法要尊重普通法，则从尊重担保法角度，既然破产财产分配完毕后，不能清偿部分的债务由担保人清偿，则《企业破产法》规定"附利息的债权自破产申请受理时起停止计息"，该停止的利息及其至全部债务清偿之日止的利息，要求担保人清偿也是顺理成章的事。然而，在破产语境下，作为和其他债权人相比处于优势地位，在其他债权人债权不能得到全部清偿的情况下，担保债权人在全部主债权、甚至主张违约金、损害赔偿金、保管担保财产和实现担保物权的费用，除当事人另有约定的，按其约定外，都能清偿的前提下，还要得到《企业破产法》规定停止计算的主债权的利息，则对担保人是不公平的。普通法规定担保人承担责任后，有权在其承担担保责任的范围内向债务人追偿。但这时的破产人（债务人）因无财产可供分配或管理人在破产财产分配完结后，管理人持提请而人民法院裁定终结破产程序的裁定，向破产人的原登记机关办理注销登记。原债务人业已消亡，担保人也因没有追偿的可能。因此，普通法在适用该情况时，也就遇到了特殊。还得考虑有适用特别法的必要。从分散风险的角度，在破产所涉的所有成员层面上也是不公平的。

2020年12月25日，最高人民法院审判委员会讨论通过《最高人民法院关于适用〈中华人民共和国民法典〉有关担保制度的解释》（法释〔2020〕28号），第22条规定："人民法院受理债务人破产案件后，债权人请求担保人承担担保责任，担保人主张担保债务自人民法院受理破产申请之日起停止计息的，人民法院对担保人的主张应予支持。"我后来咨询了参加讨论者，支持停止计息的理由是什么？得到的回答是：最高人民法院支持停息是从资产公司无限追债，会造成更多的社会问题的角度考虑的。这也是基于现实地考虑社会公平正义。

基层审判委员会职能的发挥，总结审判工作经验的很少，应付日常审判工作的多。讨论决定重大、疑难、复杂案件的法律适用不多，讨论决定某些具体案件的多，这类案件有的属于承办人把握不准；有的是承办人压力大，需要院里集体承担一下；有的是承办人怕独自承担责任的一种逃避做法。尽管讨论具体案件是违反了审判亲历性的原则，有不审而判的嫌疑，但在基层法院是一种真切的存在，而且对有的案件确也是一种必要。

审判委员会讨论案件，那是真正的民主集中制，即使院长自己承办的大要案或有自己意见的案件提交审委会讨论，最终的结果也是由多数人决定的。每个审委会委员都坚持自己对法律的理解，并不轻易附和他人的观点，一般法律人也不会轻易改变自己的观点。因此，如果审委会委员选任都是高法律素养的法官，这样一群人认真讨论的案件，是能得出正确的案件处理结果的。

第12章

退休前法官的工作

62. 退出现职领导岗位

2019年9月，我退出院党组成员、副院长现职领导岗位，感觉到前所未有的轻松，一种久扛在肩的担子一下子放下的感觉。这种感觉只有挑夫经过长途跋涉顺利到达终点才会体味到。那种不管上班还是双休日，或是晚上，接到通知就要拎着包前去枯坐肃听的日子，离我远去了，至少我可以自主地做自己分内之事了。但我还是四级高级法官，还是审判委员会委员，还有职责范围内该做的事。依照《中华人民共和国法官法》，2009年，我就被最高人民法院确定为四级高级法官了。司法改革后，2017年10月，衢州市委组织部发文确定我为四级高级法官，这算是副处级待遇。行政官员退出现职领导岗位后，一般就可以轻松上班，员额法官还是有办案任务的。我却觉得退休前再做个普普通通的法官，认认真真地再办些案件，这才是不忘初心。

从2003年到2019年，我担任了17年的法院班子成员，前后共事过6位不同风格的院长，也有过近一年没有院长的真空日子。

遇到过风华正茂的年轻院长，风清气正、用心干事、开拓创新氛围，法院工作蒸蒸向上，觉得浑身是劲，虽苦不累，工作有滋有味。

遇到过无为而治型的院长，对能干事的副职来说，可以发挥自己思想，按自己的思路，干出一番成绩，成长自己。只需做到尊重院长，把自己的想法、工作及时向院长汇报。

遇到过提防下属的院长，只能多多汇报、有限发挥。凡事适可而止、三思而行，不缺位，也不越位，做好自己本职工作，不卑不亢，有所为有所不为。

在院长空缺的日子里，几个月后，因正在"教育活动"期间，中院派来退居现职领导的原纪检组长作为督导组组长，算是来主持法院工作的。那时开班子会才是真民主，谁也不会自作主张，每个班子成员对自己的发言都很认真负责，大家共同讨论问题、商量事情，达成一致。都自觉完成，没有推托，也少了争斗，商量着办事。那是班子成员相处得最好的时候，一段往事成追忆。

在退出现职领导岗位的前两年中，我也因院长调任中院当副院长去培训两个月，后来中院的庭长新提任来当院长中途去培训一个月，我先后共主持了3个月的法院工作。这对于一直是副院长的我，则只是另一个角度的一种体验，也只是工作而已。

我从当庭长开始就没有把自己当作庭长，担任副院长也没有把自己当作副院长，就把自己就当作一名法官，办案是为人民服务。所以，那时尽管可以专车接送，我是坚持走路上班，双休、节假日无特殊情况不使用公车。我是法院副院长，肩上的责任要更大些，考虑的问题要全面些，处理的问题要多些，对自己的要求也要更高一些。然而，副院长并不是比法官高些、特殊些，那不过是一纸任命，是组织的信任，是人民的委托。当官只是比别人高一张纸的厚度，理解了就会低调得多。不管多大的官都是人民的一员，没有任何高人一等的资本。

63. 早做心理准备的安稳

退出现职领导岗位，我是提早三年就做好了准备的，因为之前国家规定是任职到55岁。那时，刚好政协举办政协委员书法班，我就报名参加了。学练毛笔字，退休后可以怡情养性，可以教孙子孙女练。青年时，我购了多达几十册的《曾国藩全集》，从其日记看曾国藩的毅力和恒心，他的为人处事值得认真体味学习。现在我则选购了不同版本的《王阳明全集》、传记等，开始了"阳明心学"的研究。结合儒、释、道学习，我悟到王阳明的心学，从"知行合一"，不断修炼，达到"致良知"，不说是成圣之道，至少找到了心灵家园。阳明心学，我觉得是现代人真正所需要的，面对喧哗浮躁的世人，只有找到其心灵家园，把心安顿好，才有幸福的源泉。否则一味物质欲望炽盛，锦衣玉食不会有幸福，社会富足却无安宁，社会物质丰富与人们心灵舒展，才是应当追求的美好社会。"阳明心学"是值得传承弘扬的中华文化。我曾发愿，退休以后写一本如何修炼"致良知"——阳明心学方法论，也就是融合儒、释、道，寻找一条简便易行的修行之道，也算是对中华传统文化的发掘吧。因此，我打算退休后就做这些方面的研究，讲授法律和传统文化。以这种方式发挥余热，我认为很有意义。

2019年5月，我就给省法官学院培训班上的法官做过《"知行合一"与法官人格之养成——谈王阳明心学》讲座，很受欢迎。传统文化是我几十年来从没有停止过研究的业余爱好。研究法律是为工作，研究传统文化纯粹出于自我爱好。

2019年9月10日，省高院微信公众号"浙江天平"，推出《审判台与讲台的自如切换》，选了8位法官谈自己兼职教师的感悟，基层法院有两位，我也是其中之一。我的感悟是：在法官学院授课经历让我不断地思考、不断学习总结，与同行交流让我不断摸索、不断进步。司法审判可以守护社会公平正义，传道授业则能把司法智慧与力量潜移默化地传递给更多的人。连续三届法官学院兼职教师的经历，是我最宝贵的人生财富之一，也是使我坚持不断求索的力量所在。前路漫漫，我愿做个老骥伏枥的行者，只求尚有力量，追随时代光华。

64. 绝不恋栈　爱岗敬业

在法院，即使退出现职领导岗位，只要没有退出员额就得办案，只是按高院规定，退出现职领导后可以按全院法官办案平均数的50%来确定任务。然而，这对我来说不是问题，担任副院长期间我每年的办案任务为全院法官办案平均数的30%，但我一般都不会少于法官办案平均数，当然近十年来，我以办理破产案件为主了。

2019年9月底，我参加政协委员培训班，从厦门大学回来后。因法院大楼扩建，国庆节后上班，全院就暂搬到原电信公司的旧房屋办公了。我也正好从领导岗位上退下来，我就和我的法官助理、书记员三个人挤在一个办公室。开始还是感到有些不适应，二十多年来，我都是单独的办公室。但大多数法官不都是这样吗，何况现在自己不是现职院领导。退下来绝不恋栈，首先是要摆正心态，曾经的皆属过往，现在是新的开始。没有落差，像个隐士慢慢淡出江湖。这是我内心确信的想法。有人退下来很纠结，我则安然自在，这其实如春夏秋冬那样自然，如同花开花谢，花开自然，花谢自然。

退出现职，要参加的会议就少了，但因为有一个大的破产案件我是合议庭成员，还是被邀请参加市里的许多会议。参加了几次以后，我就提出以后我不来参加了。因为现在有新的分管院长，前几次算是交接，后面就不需要我参加了。我把这事和市委书记、院长都说了。市委书记说："老徐呀，大的工作还是要你支持。"退出现职，退隐、淡出，这不是消极。而是知规矩、守本份、人还是要识趣的。

能避开的会议就尽量不参加，工作上却也歇不下来。我实际上有点完美主义，总想把工作做得完美，把手头没完成的工作尽快完成，但未了的事太多了，因此还是一如既往地忙，有时也自嘲真是自讨苦吃。

破产团队成员是我从全院精挑细选来的，办理破产案的庭长，在这次人事变动中，组织提拔他担任院领导了，任命他是非员额法官岗位的领导。这样，之前所有案件的后续工作就落在我这个退职院领导头上了，责任心又使得我想在退休之前把能完成的工作都处理完毕。忙对我来说是正常的，不忙才是不正常了。

本来在我退出现职之前，拟开个破产审判新闻发布会；把破产制度、典型案例、好的做法，印制一本非正式出版的资料集，作为这些年江山市人民法院破产审判经验结晶，使其能够更好地传承下去。新闻发布会我组织召开了。资料集印刷厂也出了书的样本，但之后也没有付印了。设立破产法庭也同样，省高院专门来电给我说可以报，市长也同意给予院外的办公场所，后来并没有人再去争取设立了。这也是我退出现职领导后的遗憾，但我释然，毕竟每个院长有每个院长的想法。职位退下来，心要淡然，事也淡然。建议是应当的，做不做是人家的事了。做好自己应做的那份就是了。

65. 工作的总结整理

在现职领导岗位，每次自我批评时，都认为"官僚主义"离我很远。我像战士一样审理案件冲在一线，"官僚主义"与我何有？退出现职，真正在一线了，发现自己还是存在"官僚主义"的。我作为副院长担任破产案件审判长，或不担任直接指导，只是动脑和动嘴的功夫。具体动手的是一线员额法官（庭长）、法官助理两名、书记员四人，其中一名助理中途还抽调了，而且这"三人"组成的破产庭还承担审管办、裁决庭的工作。我作为分管领导知道他们工作忙，竟没有发现忙到这么多的破产案件卷宗都没有时间归档的地步。自食其果，就当是自己应做的工作。我开始布置这些破产案件按时归档的工作了，不要拖到退休后留给他人做。

现在，我真正沉到一线了，发现历年办结的破产案件的卷宗，都放在几十个铁皮箱里，如同当年的执行卷宗，又轮到我来操心归档了。命里操心的人总有做不完的事，婆婆妈妈地指导法官助理、书记员进行归档。该归集的材料按顺序整理，管理人报材料缺漏的应进行补充完善，等等。苦的还是法官助理、书记员，她们把这些整理好了，还要编码、扫描，直到归入档案室。

破产案件是以裁定认可《破产财产分配方案》或裁定批准《重整计划》终止重整程序，就可以报结的。然而报结归报结，那是考核案件上需要的结案。其实后续工作还有很多，如实施分配、协助过户、办理注销登记；有的案件还要向有关国家机关移送犯罪线索；有的还有应当追回的破产财产，进行追加分配，等等。直至法院下达决定书，裁定该管理人终止执行职务，这时，才是整个破产案件卷宗可以全部归档的时候。所以，从报结案件到归档按其破产程序自身的逻辑，最短也要几个月，最长有几年的。当然，也可采用部分归档，但放在办公室，确是为了方便工作。试想，用的频率高，到档案室调取就麻烦了。现在数字化了，另当别论了。

因此，破产案件的归档，确实是审判实务中存在的一个问题。在中院领导来江山市人民法院召开的调研座谈会上，我提出应当重视破产案件的归档问题。中院专门就破产案件卷宗归档下发了文件，要求各基层法院包括中院，对已结的破产案件卷宗进行定期清理、限期归档，中院将组织进行检查。

经过一年多的陆续整理，将没有完成归档的52件破产案件的卷宗全部整理完毕，共向院档案室移送归档计158卷。这些从法院考核的角度来讲是不计工作量的，是无形的工作。这些辛劳的工作，无不体现使命感和责任心，因为卷宗是案件的历史。

另一件值得一提的事是，"浙江家园门业有限公司等三公司合并破产清算案"破产案件的追加分配。《企业破产法》规定了破产追加分配是在两种情形之下终结破产程序的，并且发现有应当追回的财产或有应当供分配的其他财产的情况下，可以请求人民法院进行追加分配。至于追加分配程序虽然可以按照破产法，但具体在实务中追加分配程序如何操作，和正常情况下的分配有何不同，法律没有明确规定，最高人民法院也没有司法解释，有探讨的现实需要和空间，期待法律的进一步明确。我在追加分配过程中进行了探索和理论创新，案件结束后，进行了很好的回顾总结。

我为此撰写了《破产追加分配程序之探讨——〈企业破产法〉第一百二十三条之检讨》，参加了第十一届中国破产法论坛征文，获得了优秀论文征文二等奖。该案件还成为浙江省高级人民法院对外发布的"2020年浙江法院破产十大典型案例"。

66. 学习没有退休年龄

让法律人高兴的是，《中华人民共和国民法典》已在中华人民共和国第十三届全国人民代表大会第三次会议上，于2020年5月28日通过。院里给每个法官购置了一套《〈中华人民共和国民法典〉理解与适用》（共11册），加上人民法院出版社《〈中华人民共和国民法典〉适用与实务讲座》（上、下2册），我从2020年的10月开始阅读，到2021年4月时，我已通读一遍，并阅读了一些知名法学家的文章、聆听了他们的讲座等。在我退休之前，《民法典》颁布，这不仅是法治建设的大事，对我这样的法律人来说也是心里从未有过的欣喜。通过认真学习，更新了法律知识。我觉得这样至少能够做到退休以后对民商法保持熟悉，不至于以后跟不上法律变化的节奏。

我坚持办疑难复杂案件和破产案件的审理，以及一些新类型案件，如网络纠纷案件，我也审理过几件。我喜欢有挑战性的工作，能够学到新东西，也能够发现问题，走在前沿才能增进思考，这样审理案件更有意义。2020年全年主办审结案件279件，按审管办统计，我办结案件数在全院排名第四名。还完成了往年报结破产案件的后续扫尾工作，并完成2件已结破产案件的追加分配工作。

2021年，我还作为专家组成员对中国法院类案检索与裁判规则进行专项研究，编写了《破产纠纷案件裁判规则》，由法律出版社出版。撰写论文4篇，荣获中国破产法论坛、浙江法学会等论文征文二等奖2篇、三等奖

1篇。2021年全年主办审结诉讼案件349件。退出现职领导,我还是个学习型的法官、称职的法官。我总认为,做事要善始善终、坚守如一,退休之前是工作之船靠岸,但靠岸前的那一段距离更要完美地平稳抵达。然后跨上岸,潇洒地挥挥手,漫步在另一个江湖,欣赏别样的风景。

67. 能完成的事不留遗憾

工作变动、职务变动，特别是临近退休，最能看出一个人的行事风范。我是主张，能够完成的工作就尽快地完成，不留给后来人，给后来人一片干净的空地、一个好心情。有个破产案件，当时担任审判长的是院长，我是承办人，现在原院长调到中院去了，我也要退休了。这时，破产案件一个关键环节的基础性事项有点问题，管理人星期五向法院提出报告，请求裁定认可，在法律上也存在一些争议。遇到这种情况，如果我不想负责任，是可以拖一拖移交给新合议庭的。但我认为虽然我马上就要退休了，但现在还是在岗法官，原院长虽已到中院上班，但江山市人民法院的审判员资格还没免去。于是，我和原院长约好，同另一合议庭成员、书记员，星期日赶到中院，进行了合议庭评议，这是我退休前下的最后一份裁定。星期一，新院长来履新。我告诉他，我没有把这件棘手的事情留给刚来、工作上又千头万绪的他。

还有一件事，我认为是我退休前必须要办好的，不仅关系到个人职级待遇，也关系到中央司法改革政策的贯彻落实，那就是我的三级高级法官的职级问题，要在我退休前争取到位。虽然我早就向院长要求其向组织提出，但不见启动的迹象。我只好硬着头皮直接找中院院长，院长很热情地接待我："没问题，我知道的。这事会给解决好。你是法院的功臣，给法院作出很大的贡献。"这夸奖我承受不起，但安慰的话暖人心头，我心里挺感动的。在衢州中院领导与衢州市委组织部的重视下，2022年2月15日，中共衢州市委组织部函告中院党组，同意我选升三级高级法官。还按县处级正职待遇补发了二月份的工资。这不仅关系到我退休后的待遇，更重要的是国家对基层法官无怨无悔工作的肯定，也是对基层法官的最大安慰。

我觉得退休前该做的，我都做了。但事是永远做不完，所以《易经》"既济"卦后是"未济"，想给同事们说点什么，能有机会共事这么多年也是很不容易的。

68. 给同事们的一封信

2022年2月22日，即将退休时，我在法院干警微信群，发出了给同事们的一封信。

亲爱的同事们：

自1995年起至今，在法院工作算来28年了。临近退休时，我想用六个字概括此时的心情：感恩、满足、前行。

感恩。虽然我工作在中国四级法院的最低一级法院——基层人民法院，但我坚信审判公正是没有高低之分的，裁判尺度都是中华人民共和国的法律。我自豪，我在审判工作中也是这样做的。如果说我在法院里还取得了点成就，首先，我感恩组织的培养、法院给我的舞台、同事给我的支持和帮助；其次，才是我个人的努力，忠诚于法律，持久专注，久久为功。对此，我要真诚地说声：谢谢！

满足。我在工作岗位上能实干、担当、创新，几十年如一日，审理、执行了许多有影响的案件，坚持进行理论研究；成为了全省审判业务专家、浙江省法学会破产法研究会常务理事、浙江大学光华法学院破产法研究中心研究员、中国人民大学破产法研究中心研究员、山东省法学会企业破产重组研究智库专家等；出版了个人著作、参加编写了几本书，发表了许多论文，多篇论文获奖；三次个人立功、受到省、地、市级多次表彰、嘉奖。这些都是组织、社会对我工作和能力的肯定。我能在岗位上发挥出自己的光和热，为社会做出一些贡献，我由衷地感到满足。在工作中我付出真情，勇毅前行，辛勤耕耘。我真心悟到：工作是美丽的！

前行。退休，就是可以不用上班了，但并不是人生从此无为休闲。莫道桑榆晚，为霞尚满天。我认为，新的生活要以新的方式开始。我应当继续前行，做些自己感兴趣的事情，还应努力做一些对人类社会有益的事。最大的区别就是在前行中，我有更多的时间欣赏风景。但我会想念你们，仍会一如既往地关心法院、关注你们为法治建设做出的努力。在此，我要给曾经的同事以深深的祝福：春暖花已开，祝愿前程似锦！

2月27日，江山市人民法院为我举行"薪火相传　庚续使命"荣誉退休仪式，送上"光荣退休"的水晶牌匾，匾上刻有"感谢你为江山法院事业发展做出的突出贡献，祝您健康长寿，幸福快乐！"那么多的同事为我送上真诚祝福，有的同事舍不得分别，流下依依不舍的眼泪。我充满感动、内心欣慰！

2月28日，澎湃政务发表了江山市人民法院发布的《薪火相传　庚续使命——江山法院举行徐根才荣誉退休仪式》。

更值得欣慰的是，2022年10月，江山市人民法院表彰我为"江山市人民法院第一期匠心法官"，召开全院干警大会为我颁发了牌匾、证书。退休8个月后，还评给我这份荣誉，褒之厚矣！我为之欣慰，也真心感谢！

牌匾上有"清澈如江　公正如山"。这既有对法官道德品性的要求：清廉公正、坦荡为人；也有对优秀法官的赞美：智者如水、仁者如山；也把"江山"这一大气的名字含在其中了。所以，牌匾也做得颇具匠心。凡事认真、用心，也就是真心才能创新，更好地服务社会。我为全院干警作了《学习是一个人的成长之道》授课交流。

一个人唯有不断地学习，同时努力地去实践，知行合一，才能在生活和工作中成长、成熟。这也是我对后来者的勉励，相信未来是年轻人的，一代将超过一代。

第13章

法律人生的感悟

69. 感悟的缘起（序）

2006年，电脑普及了，院里要求所有法官写法律文书时要自己打字，年龄偏大的庭长、院领导可以不作规定。我觉得自己必须学，就坚持午饭后写半小时博客，来练习打字。博客得取个名字，我名之曰：泉居山。

泉居山：仁者乐山，智者乐水，希望仁智皆备，不动如山。又是初学，《易经》山水《蒙》卦也，"蒙以养正，圣功也"。

博客写了个把月，就不公开，只给自己看了。觉得这样更能抒发内心的真实情感，而且不会引发舆情。上下班我一般都是走路的。先前住在县河东路时，沿鹿溪渠边的人行道走；后来搬到江滨路这边，则沿着须江堤岸的人行道，流水两岸的绿化树随四季变换，思想则可跟着脚步自由奔跑，飘逸的思绪如水又如云，时有瑰丽精彩，每有所思、所想、所感、所悟，到办公室就写下来。这样，打字也比较熟练了，从判决书到论文，不用书记员代劳了。写博客日志的习惯也坚持下来了，不是每天必写，而是有值得记下的东西才写，一年下来整理打印装订成一册，至今积累也可观矣。

这也就成为我工作的副产品，一个基层法官行走在路上的心灵采集。这采集所得，是寂静山间开出的小花，不是花圃里的有心栽培；是基层法官独吟江畔的真性流露，不是刻意为之的风雅之作。因为是自然本真，因而也是基层法官工作生活的足迹印痕，全貌之一部分。今按年份摘录部分短语，名之曰：法律人生的感悟，或谓泉居山语录，作为本书的最后一章。附录于后，供读者茶余饭后闲读，以点滴补全一些足迹的不明显部分。

70. 2006年感悟（001~018）

001　看《毛恺传》，皇帝专制下没有民主，只能养一批奴才，正直敢为民说话的人就少了，人民也就没有真正的自由。人活天地间，能做到想说就说，想唱就唱，社会没有民主是难以做到的。

在中国走向民主的今天，讲话是自由了。但要做到无障碍的自由，还是不可能的。我想自由应该也都有个度的，各种思想可以允许自由表达，但反人类、反社会、危害国家安全的不行。要鼓励解放思想，探索社会、人生，营造宽松的社会环境，才能产生伟大的思想家、哲学家、文学艺术家。

002　这些天看《红楼梦》，算是看第三遍了。在学校里我已看过一遍，工作期间看了第二遍，但没正式看完，三次看的是三种不同的版本。唯这次看冯其庸瓜饭楼重校评批本，像是身边多了一个朋友，能随时指点我。读得快意便忘了暑热。小说文字的精美，使人叹服作者运用文字水平之高妙，言有尽而意无穷；道理深刻，令人折服于作者的阅历之广和经验之丰富，感悟良多。

003　上午听庭审，被告人犯受贿罪、挪用公款罪。这就是没领悟《好了歌》。一个人当官不是想如何为民做事，成天动歪脑筋满足自己的欲望，没有知足心，哪能走正道？"知足不辱"，诚有理焉。

004　有些事情别太在意，有些事情让时间来决定。烦恼是自己寻找的，快乐是自己创造的。有些人活得真累，就是自己跟自己过不去；有些人活得开开心心，就是自己善待自己。

005　工作平平，也说得过去，人虽也省力，我却认为这没意义。人总是要有点精神的，活着总要为社会做点事情，才会活得充实而有价值。不是为了名，也不是为了利，争名逐利，那太虚伪，也太累。全不为名不为利，那是圣人的境界，一般人也难以做到。我以为，做平凡人，办实在事。该是你的要得，不是你的要舍，如是而已。

006　记不清是谁说的话，今天又在电视上听到这句话："给我一个支点，我能撬动地球。"我就思考，有了那么长的杠杆，却找不到支点。也就是说，你生产的东西，没有知识产权；或是你有使不完的力气，却需要别人指挥你去做事情；抑或是你有用不完的资金，却不会投资经营。这算不得什么豪言壮语，你有那么长的撬棍，却要别人给你支点，其实是无用而已，我不欣赏这种话。

007　对待信访工作要耐心细致、苦口婆心，不敷衍了事。确实是错误的，要勇于纠进；确有道理的，要予以支持。要抱着为民负责的态度，办好每件事情。对无理信访的，也不要迁就。不然，这社会就会变得无理可循，无赖成为有理，无是非正义。

008　工作需要勇气，不能成事的人缺乏的是信心。我最欣赏毛主席的一句话："这个军队具有一往无前的精神，他要压倒一切敌人，而不被敌人所屈服！"

定好的目标必须达到，没有条件，没有退路。不要和我说达不到，我要的是信心和达到目标的勇气，以及探寻到达目标的路径。

009　机遇只垂青于有准备的人。人生发展的好坏也在于正确把握机遇的能力。

对待机遇如坐公共汽车，有的人看着公共汽车一班班地过去，不上车，那么这些人何时能到达目的地？有的人见车就上，根本没想好要到哪里。有坐错了班车的，有歪打正着的，有后悔上车的。最好的人生，是坐对了班车，还有舒适的位子,既欣赏了沿途风景,也到达了理想的目的地。

010　《红楼梦》里,听说贾政要回来,宝玉想到功课的事,特别是他三四年才写了五十来张字,如何交差?这时,众姐妹帮着他写,宝玉也一清早地写,恐得贾母担心宝玉生出病来,而黛玉早有准备,仿着宝玉的字已写了不少,由紫娟拿来充数。宝玉见着又放心地玩去。

贾府种种情弊此为较小的一斑,然则,虽小的情弊却生出大的事端。贾府的败落全在于贾母的放纵、贾政等的昏聩、子孙的无能,还有王熙凤的弄权作恶。

小到一家,中到一个单位,主事者没有正确的决策,耳不聪目不明的,且不说下属不干练,竟还有犯科欺瞒的,哪有兴旺之理?

011　工作需要苦干,也要巧干,一味蛮干,不可能有大的成就。

最可叹的是出了大力,流了大汗,却不见大的成效。

最可悲的是,只埋头拉车,不抬头看路,结果是事与愿违。

最可敬的是,苦干加巧干,成效明显,而不自吹自擂。

最可佩的是,功成而弗居,百姓口碑,胜过金杯银杯。

按照部署的,原来他们认为不可能的事,已经超额完成了。

做事,思路要清,目标要准,决心要大。而且定下目标要一抓到底,百折不挠。要鼓舞士气,让每个人充满信心,朝着既定的目标奋进。

作为领头者,要有能力使下属感到你提出的目标,像跳起来摘苹果那样,只要跳,确实能摘到;要无比自信,就像火炬,照亮前程。

目标如钢铁,不可稍有减损;关心如冬阳,激励每个人的工作热情。

012　做一件事,不是看嘴上功夫,而是看行动能力。小事是这样,大事更是这样。行动有迟缓,落实有轻重,这就有了进度问题。事情定下了,就是抓落实,做到行动有力度。有力度就要给做事的人增加压力,压力大了可能产生抵触情绪,如何变压力为动力,就要化解不良情绪,加以润滑,不使前进有阻力。

领导的工作就是提出目标，然后引领下属朝着既定的目标前进。前进中可能有障碍，领导要清除障碍，引导下属通过。领导在前进中的作用是督促检查，做清除障碍的清道夫。

013　曾子曰："吾日三省吾身：为人谋而不忠乎？与朋友交而不信乎？传不习乎？"能如此之人，今估计不多矣！但人在一段时间后对自己所作所为进行反省是必须的。这样，可以发现自己工作、生活中的过失和不足，利于自己的进步和提高。

我发觉自己身上有警省机制，常常睡下时或偶然醒来时，会醒悟到一件事，或急需做的，或者存在瑕疵的，或者需要补救的，迫使自己去做，或自觉去改正。这样，过错就少了，于人生增益良多。

014　凡事有个理，行为有个度。有的人把一点小事无限地放大，把基于一点理的诉求无限扩张，拿时间作赌注，在漫漫时光中坚持无法达到的诉求。这样的人会变得固执而不可理喻，近乎疯了。这个在时间长河里游泳的人，会不顾体力地游。我们不要求他回头，其实只要能看一下左边或右边，就是岸了。有人伸出手拉你一把，你就该上岸了。不要非得耗尽体力，溺水而死。

015　看电视访谈刑事鉴识专家李昌钰，其中有两句话，其中一句是："赢者总是有计划，输者总是有借口。"这是有道理的，成功者往往按自己既定的路线行动，而失败者总有种种借口来给自己找退路。另一句是："赢者总是说：'让我来做吧'，输者总是说：'这事与我无关。'"

敢于做，善于做，就成功了一半；不去做，怕去做，便总是与成功无缘。这事做了，虽不增加报酬，但给了我尝试的机会。做事要抱着这样一种心态。

016　要完成一项任务不容易，除了需要决策者目标坚定，还要团队不懈努力。在努力过程中，时常会遇到困难，有时也会泄气。这时，就要给以信心、不断鼓励。

决策者的信心和决心，决定了事情的成败。越宏大的目标越是这样。决策者对目标不坚定，队伍就会是一盘散沙，没有不败的事情。决策者还要有周密的计划、对细节把握的能力，遇到变化能及时调整策略，不使目标偏离。

017　闲看《无往生心集》，只记得两句话"要有随缘心""不要有攀缘心"。

若万事随缘，就犹如船航行而无舵手，不知前住何方，也不知搁浅何处。佛也是有追求的，人难道只是等待？人应该有追求，选择自己的人生目标，使自己成为自己。并要把握机会，而不是坐等。机会来了，虽然并不都能把握，但努力后的放弃，也是一种成功。随缘心，是一种事后的无奈，也是努力后的欣慰。随缘心，我的理解是：有时面对的，要能放得下，风雨过后的一种疏朗，一种云开日出的心境。

018　成功是需要努力的，不见风雨，哪得见彩虹。我通过最后十天的努力奋战，预期目标达到了。我感到一种轻松的喜悦和欣慰。这目标确实是很高的，达到难度大。大部分中层干部都缺乏信心，唯独我坚信按照我的部署，是可以达到的。

努力了一年的成果摆在面前，他们相信了——已站在成功的肩头上，真真切切。所有的苦和累都不算什么了，牢骚和怨气，也被成功的喜悦一扫而光。

我感觉我像个将军，在条件十分艰难困苦、硬仗非打不可的情况下，我下达了打的命令。口气坚决而不容置疑，没有退路，能给他们的，也只有坚定的信心和干成的勇气。

71. 2007 年感悟（019～041）

019 身体健康就是人的福分，快乐就是精神富有。一个精神富有的人，才是最幸福之人，富可敌国者也不能比。我也不赞成只追求精神，因为，获得物质是养活自己、养活一家人所必须。一个有知识、有文化的人，在和平的年代不应当过得贫穷。孔乙己到死还欠着十九文钱，那么知道"回字有四样写法"，又有什么用？连再给邻居小孩一颗茴香豆都不能，这群孩子都在笑声中走散了。每当读到此，我总感到文化人的一种悲哀！然而，人还是应知足常乐，对财富的追求适可而止。保持心灵的一份宁静，秉持地球资源地球人共用的理念。有限的资源你用多了，别人就用少了；唯有精神财富，你创造得越多，与人共享的就越多，你对社会贡献就越大！

020 夜里两点多我就醒了，左侧睡睡，右侧睡睡，但静静的，不去思考，以养精神。左侧睡的时候，突然有一种感觉：似乎肉体和精神是可以分开的，感觉从脑中连喉咙到胸腔，如婴儿大小，如云升腾的感觉，一个躯壳落在床上。持续不到一分钟的时间，后来我反复寻找，就没有这种感觉了。不知道家修炼到达的是否就这种境界？

021 人有了思考，就有了烦恼。人生在进退中难免患得患失，这并不是就不好。人生关键的几步确实需要走好，谋虑要周到。要进有发展的平台，退有安稳的余地。人生可有一搏，但人生不能有冒险的一赌，这也不能一概而论，视年龄而定。在中年以后跳跃，要根据自己的潜能、特长，留足回旋余地。

人生的意义不在于做多大的官，而在于干多大的事。能做多大的事就做多大的事，顺势而为，量力而行，不过分勉强。心要宽，气要闲，悠然自在，从容面对。

022 折腾了一周，一切归于平静。心生妄念，身就冲动。其实不必，想证明自己的能力吗？想再上一个台阶吗？为了满足虚荣心吗？为了本人富贵吗？色即是空，空即是色。人何必自寻烦恼，心不归静呢！

023 凡事在于意念，立定意念，一切都好，天地自宽。意念不定，就有烦恼煎熬，耗散精力。人无烦恼不可能，关键在于不自寻烦恼；有了烦恼，能及时自了，排解就好，好也就是了。

024 道理要从哪方面讲？昨晚看书，发现了这一问题。对一件事，所立的点或角度不同，可以讲出不同的理由，似乎都对，逻辑上也没有什么不通。所以，有的人滔滔不绝，脑子没他好用的，就认为是对的。若细细分析，那绝对是错的。但无论是汪洋雄辩，还是花言巧语，事实只有一个，思维也有它的规律，逻辑不能超越，真理只有一个。他辩驳了孟子，他自己的也可被辩驳；他讲孔子的一些话不讲逻辑，他在批驳中也颠倒了逻辑。

025 人要学会交流沟通，但沟通于人并不容易。一颗平等的心，一颗真诚的心，一颗宽容的心，一颗包容的心，是沟通的前提。没有平等的心，或居高临下或自卑怯懦，就不能很好地沟通，更不能将心比心了；没有真诚的心，则言不及义，骗人又骗己；没有宽容的心，就只听得进相同的意见，而排斥不同的意见；没有包容的心，就不能正反面的意见都听取，进行比较分析，采纳正确的意见。

更何况有的人，正话反说，反话正说，或故作高深，或态度两可、言不及义，总使沟通困难重重，费时费力。

026 人能做到心静就好，心静就是面对每天的生活，能愉快地处理手头的事务，不慌不烦，轻重缓急，自有主张。于公于私，谁先谁后，分得清，会兼顾。

心乱的人，心浮气躁，静不下心，做不好事，忙中出错，公私不分，工作与休闲不分，方寸自乱。

心静就如五月晴朗的天空，白云舒卷，自在飘荡，微风习习。动的白云，静的蓝天，结合得美妙至极。这就是心静的境界。

027　清晨，我漫步在鹿溪人行道，去上班的路上。前面一个农夫在道边放下空担，从衣袋中掏出一小布袋。我看他解开袋口，倒出一小堆纸钱和硬币，先把纸币一张张理平整叠好，神情自得又专注。我不知他这时的内心所想，或许他在回味快乐，一天里的第一次劳动已经完成，小布袋里有实在的收获；或许他心中有建房的梦，积沙成塔，有这念头也能成真；或许……

劳动没有贵贱，但有轻松劳累之分；快乐无高雅，只要是发自心底的纯真。也许老农是真正幸福的人，与世无争，自种自卖，菜场的喧嚣结束，回到菜地的宁静中，过着自己的生活。

028　静下来准备写一篇论文，忙中抽闲，苦中有乐。不写时间也就那么过去了，写也就完成了。做任何事都如此，关键在于决心，决心下定，只要不是明显缺乏能力的人，总能做成一些事的。凡人总是要完成一些琐碎小事，只有少数人能干成大事。但家不扫何以扫天下，干大事的人也从干平凡事开始的。

029　又见这年迈妇女在拾风吹落的柳枝，细细的枯死的柳枝散落草地。老妇拾到一握时，就把它整齐地折成一把，利用柳条尚余的韧性一绕捆紧，整齐地放在道旁，继续弯腰捡着。

城里已经没有柴灶了，那么这妇女该是郊区的吧？我没有停下脚步去问。我朝前走着，心里对她充满了敬意。她既充分利用了能源——很好的柴火，又清洁城市环境。对这类人，包括城市的拾荒者，我有一份真诚的感动：她或他可能很苦，为生活所迫，拾废品，捡树枝，做着最微贱的工作。但这份工作的意义，却是许多所谓高尚工作不能替代的。

030　清明，祭祖，是一种对先人的缅怀、追思；也是对活着的人的一种安慰，慎终追远。

人与动物不同，有一种血脉传承、珍惜家族荣耀、光宗耀祖的想法。

中国人相信祖先的在天之灵，能保佑自己，庇护一家人。自己也不能对不起祖先，要为列祖列宗争气、争光。

所以，上坟不能说是迷信，是一种香火传承，是一种世代繁衍生息的约定，是一种无法解释的精神寄托。

031　鹅也能飞，但飞的高度和距离太有限。但天鹅想飞多远就能飞多远，想飞多高就能飞多高。

可如果把一只平常的家鹅放在天鹅湖里，估计没多少人能分辨出哪只是天鹅，哪只是家鹅！

032　看《红楼梦悟》，作者把曹雪芹称为中国文学与人类文学永远的大师，我赞同。《红楼梦》看第一遍悟不出什么，看到第三遍我才真正有点理解。《红楼梦》恰恰代表着中国和人类未来的全部健康和美好信息。这是关于人的生命如何保持它的质朴、人的尊严如何实现、人类如何"诗意栖居于地球之上"（荷尔德林语）的普世信息。确实是独到的见解。毛泽东提出《红楼梦》要看五遍以上，这是他读懂后的断言。

但作者认为《三国演义》和《水浒传》是造成中华民族心理黑暗的灾难小说，可谓中国人的两道"地狱之门"，这一点我不赞同。我认为，多研读《红楼梦》，可塑造自己的美好心灵，享受诗意的生活；读懂《三国演义》和《水浒传》，会知道社会上还有心机、阴谋、暴力、残酷的存在，让人不要一片天真，避免生存危机。

033　不要怕得罪人，也不要轻易得罪人。怕得罪人的老好人，是无是非正义的小人。坦荡者不怕得罪人，是社会正直的脊梁，有这种人存在，人间才有正义、公理。但轻意得罪人的人，也是傻子。不做无谓的牺牲，也不要无耻苟存。有舍身成仁的大勇，也要有留住青山在的智慧。

034　人应当做什么，该做些什么，似乎是无定的，无可无不可。但当一个人想做什么，而且一定要做成什么时，这个人不仅忙，而且精神也有寄托了。闲散的人只求自己的舒适，有抱负的人追求人生的价值。

我无意评论生存方式对与否。人类本来就不存在一种绝对的生存模式，生活是多样的，社会是多元的。人有权利选择让自己感到满意的生存方式，只要这种方式不对他人造成危害。人也有义务宽容他人的生存方式，尽管与自己不同，只要他是符合法律的，法律是容忍的底线。

035　人的能力是在工作中被发现、接受检验的。但一个人的人品怎样？素质怎样？平时工作中较难发现。从个别事情的处理中，却更易发现。如遇难事、评先、提拔、移交等过程中，其本质最能体现。假积极的、先热后冷的、先承诺后不能兑现的、工作能拖则拖等待移交的、到了新岗位就不顾原岗位的，等等。这人品、素质就是有些问题的，这种人是不堪大用的。

036　"青山本不老，为雪白头；绿水原无忧，因风有皱。"风与雪，皆为身外之物。面对物质、权力的引诱，要有平和的心态、不可动摇的定力。

037　生命如舟，载不动太多的物欲和虚荣。只取所需的，放弃多余的。活得轻松，过得自在，白天知足常乐，夜里睡觉安稳。

038　干工作我总结出十二字箴言："敢干、能干、干好"和"不能干、干不能"。

敢干体现了一个人的胆略和气魄，没有做事的勇气，也就没有干事的决心；能干则体现一个人的素质和能力；干好则是做事的本质要求。天时地利，你还得知道哪些不能干，不能干的要止步；干不能就是客观不能，不能竹篮打水，做无用功。

039　当事人双方、律师、法官偶然在草坪相遇。法官说：今天不谈案件，谈谈各自真实想法？

原告：诉讼时我为了打赢官司，只说对我有利有理的话。事实于我只是立脚的垫子，我可以随意移动它。

被告：我专挑原告的毛病，针尖对麦芒，他说是，我说非。搅浑水，看法官怎么判。

律师：受人钱财，与人消灾。我为了取悦委托人，总得讲些其爱听的话，至于是否有事实法律依据，那是法官的事哟。

法官：所以，我累呀。听审讼争中，我要分清哪些是事实，哪方有理，该适用什么法律。

040　人是一种活着的动物，但活着的动物并不都是人。人会思考所处环境，合适就选择宁静而快乐，不合适就会试图突破和改变。

人没有永远的快乐和满足，不断地追求永远是奋斗的动力。不经历风雨哪能见彩虹。经历风雨一定能见彩虹，或者一定是为了见彩虹吗？

不管是风是雨，是阳光还是阴沉，朝着目标前行，欣赏沿途的风景吧。

041　给上大学的年轻人这一段话："人生要读两本书：一本有字的，当前必须读好；另一本是无字的，一生在读。同学要多交流，那是一生的人缘，此为活读书。"

有些话未经历过不一定能听懂或听得进，待明白了，已过当时。所以，人要能吸收前人的经验，也包括同时代别人的经验。

72. 2008 年感悟（042～048）

042 清晨，一地树叶，清洁工人在满大街打扫。秋风扫落叶，春风也扫落叶。只是扫的方式和意义不同。秋风扫落叶是一股脑儿地把旧衣服剥光裸露，春风是换新衣同时也把旧衣服脱去。拿大点的词儿说：秋风扫是"革命"，春风扫是"改革"。

043 看《陶渊明集》，"采菊东篱下，悠然见南山"。译作"在东篱下采摘初放的菊花，不经意的一抬头，看到远处的南山"。译得怎么这样地拙呀？

诗人闻着淡淡菊香，心境也是淡淡的，一束在手缓缓直起腰，庐山就像老友站在眼前，心领神会地望着悠闲的诗人。人与自然是那样和谐，山看诗人还是诗人看山，人与物相忘。

044 "事繁则简，心烦归静，忿中气平，乱里清醒。"这是最近事杂、心烦随手写下的。某位大领导曾经送给他一位很有魄力、干事雷厉风行的下属四个字："事缓则圆。"够精辟的！

045 "人是有思想的芦苇。"是的，人因有思想而高贵。但面对大自然暴虐时，人脆弱得就像芦苇。人类更多地是考虑征服自然，而不是友善地和自然商谈。如何和谐共建家园？天人合一，人与自然和谐相处。这是中华民族祖先的遗训。

046 我喜欢悠闲地度过双休日，不想被打扰，也不想娱乐和喝酒。所有的工作在工作日里完成，双休日是自己的，做点自己爱做的事情。我只想好好睡觉，然后，静静读、写，静静思考，不躁，不烦，让思想在宇宙中自由飞翔。

047　一个人做事，胆识和魄力是第一位的，其次是智慧与选择的能力。没有胆识和魄力，一个人做事就缺乏势，缺乏势就没有了高山滚石的推动力。缺乏选择能力，就不能凝聚智慧果敢地判断，就没有决断力。选择能力也是一种智慧，因为重要所以特意拎出来解释一下。

048　道理是直的，道路是弯曲的。如果把真理当目标，寻找的路不管多弯弯曲曲，到达目的地就是真理。讲话、做事也一样，讲话太直有时人就会听不进去，所谓欲速则不达。委婉是国人的风格，其实直来直去有什么不好？

73. 2009年感悟（049～060）

049 "你以为人真的能平等吗？你看见人什么时候平等过？人生来就不可能平等！因为人生来就有差别，比如身体，比如智力，比如机会，根本就不可能一样。"这是一本书上的话，那么，"人生而平等"是指什么？是不可能实现的现实吗？

其实，平等不是用物质来衡量，也不是用地位来比较。人生来平等，只能是人格上平等，在人作为人这个层面上，强者和弱者、富贵和贫贱、成功和失败的人，都应有人的尊严，都有人之为人的权利。社会应给予弱者以特别的物质关怀，而不是弱肉强食、巧取豪夺。法律应对每个人以平等保护，如同阳光照在大地上。

050 想静，也不是任何时候都能静得下来的。个人是小环境，社会是大环境。只有小环境与大环境取得协调时，人可以静也可以大动；人和社会是相适应时，人就可以自由地动或静；人和自然和谐了，人的内心是宁静的。

051 "完善自我，阳光生活，自由创造，强健身体，绿色饮食，简约消费，快乐平和，善待他人，亲近自然，保护环境，热心公益，主动分享。"这是"2008年中国青年LOHAS时尚论坛"提出的12个生活主张，很好！

香港作家倪匡风趣地说："潇洒和快乐的人生，什么都吃；长寿和健康的人生，什么都不吃。"

话是由人说的，听是你的自由，思考是你的权利。

052 "忙碌，这是偷懒的一种形式，那是因为你懒得思考和分辨自己的行动。"这是一个美国人说的，但谁说不重要，关键是他说的符合一般人的惰性。人们就这样忙碌着，一天天过去了，而思想就如春天的雾气，被暖风不知吹向哪里。

看凤凰卫视，《智慧东方》谈说梁濑溟、马一浮、熊十力，称他们是当代的圣人、新儒家。他们是不是圣人我不作评说，但在那个年代还能保持独立人格、独立思考，是难能可贵的。中国就需要这种知识分子。

053　看问题，不能不是正就是反，不是大就是小，不大不小也可以嘛。记得村上春树在《挪威的森林》中写道："死并非作为生的对立面，而是作为生的一部分永存。"这与臧克家的《有的人》可互为注解。其实我的理解，生与死是一条道的自由分段，中间并没有明显的界线，人一不小心就会踏入另一边。

054　有人说过："生活累，一小半源于生存，一大半源于攀比。"我认为有道理。清代学者朱锡绶在《幽梦续影》里写道："素食则气不浊，独宿则神不浊，默坐则心不浊，读书则口不浊。"平平淡淡，自由自在。好多人不想，好多人做不到。

055　"只要功夫深，铁杵磨成针。"这是一个老婆婆教给李白，李白从此知道人要勤奋读书的故事里的。从这故事好的一面看，就是教人锲而不舍的精神。但从另一面看呢，老太婆不是固执就是傻呀！你就算不能买根针，也该用差不多合适的铁，怎么用铁杵来磨？既浪费铁资源，又浪费自己的时间。然而，比喻总是跛脚的，我们取其精华。

056　做工作的有心人，做生活的无心人。

工作有心，就是生活的省心。前提是当你拥有一份好的职业时，你要用心做好。工作不好时，也要做好本份工作，直到找到更好的工作替代。

生活的无心人，就是活在当下，自在快乐，无忧无虑，不患得患失，也不算计别人，简单就是幸福。

057　人专注于工作，时间过得快。琐琐碎碎的事就是工作，没有几个人能做惊天动地的大事，大多是平凡中见伟大的。这所谓的"伟大"，就是"我为人人，人人为我"。

人是社会的动物，通过各自有益的活动，相互共享应有的成果。但人也是孤独的动物，每个人都有自己的内心世界，在这小天地里，主要靠自己耕耘，荒芜了，别人也给不了力。因此，工作之余，还应劳作于"自留地"。只是现在"亦工亦农"的人少了，回归不到心灵家园。

058 上面领导有批示，就要写汇报材料，下属嫌烦。我告诉他："不要嫌烦，要耐心去写，要把这当作你汇报工作的好机会。你平时还没有这样的机会汇报呢，即便是书面的。你要把这作为推销你自己或展示你的工作成果的机会，平时你也没有这种机会宣传你自己。"

当然，下属通过认真梳理、正反总结，就会思路更清晰，解决问题更有办法，工作做得更出色。所以，领导批示，表扬也好，批评也罢，汇报写得越认真，越能提高自己。

059 我认为："大智若鱼"比"大智若愚"更贴切。沉默得像鱼，在水中自由自在，随心游动，活泼灵动。工作少说多做，不说在做，于自己没什么坏处。不该说的不说；没必要说的不说，和说了也白说的人说，不如不说；不是真正需要说的，也不去说。沉默是金，向鱼学习，静静中有自己的自在和快乐。

060 高贵与低贱是地位的关系，富与贫是金钱的关系，聪明与愚蠢是智慧的关系，健康与疾病是身体的关系，宁静与躁动是心灵的关系，这些关系是否处理得和谐，关系到人的生存质量。

所处的地位高，钱多，有智慧，身体棒，心情好，等等，决定人一生的幸福和快乐。如何做到这些，各有各的方法而没有定论，靠个人的实践探索，并且要在过程中不断修正。特别有时处在路口，关键也就几步，不可不慎；有时轻迈，有时加大步伐，掌握一个力度，不可不审。

74. 2010年感悟（061~072）

061 临近春节了，宴席多了，酒也有喝多时，酒多伤身，一定要自己把握，不能喝多。"宁愿伤身体，也不伤感情！"这种感情本来就是不真的。你想，真心对你好的人，会想伤害你的身体吗？酒桌上的话听过而已，大可不必当真。

062 莫贪，不该要的坚决不要。真要做到也难，有时还会得罪人。不能两全其美时，要选择洁身自好。鱼与熊掌不可兼得也。法律人该想到的是，熊为法律保护动物，我怎么能吃熊掌呢！所以，没有选择，只有鱼。

063 男人、女人、酒。

男人要像个男人，凡事拿得起放得下；就怕没主见，俗语叫"杀不死的鸭子"，犹豫不决，一事无成。

男人需要女人，没有女人的男人就不会有真正的家，没有爱也不是真正的家，见女多爱，也会毁掉一个家。

男人可以喝点酒，显得阳刚和豪爽。男人见酒就醉，酒就成为蛊，中蛊的男人不仅害自己，甚至殃及女人。

064 新房子从窗户看去，江两边美景尽收眼底，确实漂亮。妻说：此生满足，再不换房了。我说，到时又说别墅好了。她说，别墅没这好，够了。我说，人知足是最好的。

人人都有权利去追求富裕美好的生活，但不需要为虚荣心与他人比，有了知足心，更要有平常心，自己踏实安稳，过得充实愉快是最重要的。

065　人忙起来，有时心就烦，脾气也大。今天，我训了人，这是很长时间里没有的事。我想脾气好些，事情能过去就算，都是公家的事，太得罪人。然而，一个人的脾气想要改掉，是不容易的。若能彻底改掉，你就不是你了。

066　今天是"六一"儿童节。儿童想长大，大人想变小。儿童的想法是可以实现的，大人的想法是不可能实现的。儿童的想法幼稚，其实是成熟的，想长得像爸爸一样高、力气像爸爸一样大，知识超过爸爸，一切皆有可能。但大人想变小，是不可能的，这所谓成熟的想法，就比儿童幼稚。

067　晨起，看一则短文说：智商、情商、胆商并称成功三要素。如果觉得情商、智商都不算太差，却总是差了一点运气，其实那一点运气，就是一点胆量而已。

正如太阳有光有热，当然还有其他能量，所以不知三商是否能并列，我没有研究。但我认为，所谓胆商，是一个人的定力、魄力、社交能力等综合活动能力。敢与人打交道，敢提出问题，敢解决问题，一些事情上有定力，一些事情上有魄力，全在机宜权变之间，掌握分寸，恰到好处。

068　《富是硬道理》有一句话是：话语权掌握在富人手里！一个社会的游戏规则是富人制定的，评判标准也是富人掌握的。权力一定是与经济利益连在一起的，一个人哪怕掌握权力之前是穷人，掌权以后也会步入富人行列，这时再期望他为穷人说话是不现实的，他的骨子里已经在维护既得利益了。于是，穷人就想自己来制定规则，冲突就产生了，革命就爆发了，有的人真的就掌了权，但很快他变成了富人，他的规则又对新的穷人构成威胁。历史就是如此循环往复的。

这种书只讲俗的一面，因而对人是有害的。一个人活着，富并不是唯一的追求，片面地把历史归结为富人和穷人的斗争过程，就会看到人性物欲的一面，没有看到人与动物的区别在于精神方面。要改变这种循环的命运需要民主、公正、法治。

069　下午,我参加市委全会,会议讨论通过了《关于推进生态文明建设的决定》和《关于加快推进特色的新型城市化建设的决定》。从原始文明、农耕文明、工业文明到生态文明,是人类的进步。人从敬畏自然到想征服自然,最终认识到自然是不可征服的,人要与自然和谐相处。虽亡羊补牢,但能真心去做还是不晚的。

070　一个人可以做事活着,也可以不做事活着。可以轻松地做些事,也可能艰难地做些事。究竟如何才好,不可一概而论,关键看每个人的人生观、价值观、苦乐观。幸福是个人内心对所处环境自适、满足的感受。

071　朋友来家交谈,能在家交谈的朋友算是绝对的好友了。

他问:"我每个阶段的快乐事不同,一段时间与人喝酒感到快乐;一段时间赚钱感到快乐;有时看看书感到快乐。"

我说:"快乐与幸福不是一回事,幸福自然包含了快乐,但快乐并不一定就是内心幸福。酒、钱可以使人短暂地快乐,但酒和钱并不能保证一个人的幸福。"

"但我有时也无解,你说,我要当官,自己上去,要得罪对手,树了敌;我赚钱,有了竞争之心,肯定也会损害了他人的利益;不去喝酒在家看书,人家会不会说你怪,疏远你。"他感到矛盾。

我说:"如果你认为自己做的是对的,就不要怕人说。自己有颗平静的心,平常地接受一切,该得的不推让,不该得的我何求。看书其实就是选择最需要或者最值得交谈的人,怕谁疏远呢?"

现代社会人就有一种焦虑症:不当官怕人看不起,不赚钱又穷不起,不与友处嫌孤独。总怕被社会排挤,总怕成为边缘人,于是盲目地在社会上飘荡,没有定力,人人都浮躁不安。

072　和同学聊天,他谈他最爱看的是《聊斋志异》,也喜欢画画。

问我:"你是唯物主义吧。我信鬼神的。"谈他做生意如有神助,并举了种种事例，说不得不信。算命的说他是 33 岁走运，有 10 年的好运，以及他的一些梦，都应验的。

我说："自己并不信，也不肯定有无，但不反对别人信。"

他说："钱财多了，只要不转移到国外，最终还是奉献社会，对国家无不利。我也思考过的，这种说法人们还能理解，能化解社会的仇富心理。"

我说："人生要心态平和，身体健康。我原来书生气重，认为谈金钱俗，现在认为能合法取得，无论从个人还是家庭考虑，动脑筋赚多点钱，经济宽裕些没有什么不好的。但我更多的还是喜欢看看书，思考一些哲理的东西，想写几本书。"

他说："我想静下来画画。"

说明他对余生已有安排，并不是只顾赚钱，而是有人生目标的人。

75. 2011年感悟（073～081）

073　昨晚，看"访谈史铁生"节目到 11 点半。知道他是个有思想的人。"人为什么活着？""人生的意义是什么？""死亡究竟存在或者不存在？""我们何以是人？""我们要往哪儿走？"等等，他思考了很久。他开始文学写作起初是为了生活，后来是为了满足自己生存的需要。

不记得是谁讲的，大意是：生存是真真切切的存在，死亡是一秒钟的事情，不存在的。但人大多难在这一秒钟之前，因为死亡并不容易，死比生更需勇气。当然，我欣赏活得有勇气的人。因为，他为这耐心更要付出百倍的勇气。

人死后灵魂存不存在？史认为有，我推断的。如果无，那么为所欲为的人赚了；如果有，那么今天努力的人是值得的。我目前无法证明，但修道的人认为，成功了，灵魂可以脱离肉体的躯壳，自由存在。

074　上善若水，老子讲的是什么意思呢？水在天为云为雾，在地为泉为露；水清澈透明，不惧污浊，能洗涤，静置自清；水润万物，无有抉择，何其胸怀；水处低处，满则溢之，何其公平；物在其上，水中有倒影；水有自己的目标和方向，不惧阻挡，灵活向前；用器具盛，水呈器形；高温就升为气，低温就化为冰……

上善也就是最高境界，无可无不可，一切都能做到自然。

075　细节决定成败，对此，我有深刻的认识。做事谋定而后动，在谋定前三思而行，虽然三思并不能保证成功，但能使人更加坚决有力地执行三思后的决策，确保到边到角到底，任何一个细节的疏忽，都会造成结果的失败。

076　路面有坑，有能力就填平它。没能力就先跨过或绕行，然后前行。

077　现在开始，每天认真读点王力主编的《古代汉语》，对古代汉语进行更系统的学习。至于有什么用，是身为一个中国人的自我提高，以增强对传统文明的汲取能力。人应怎么活？如何活得更好，更有意义？人和自然如何处理好关系？等等。我认为古人比今人考虑得更到位，而今人很多是没有目的地活着。为什么不梳理一下古人生活思想中对我们有用的部分呢？再思考一下明天如何出发。

078　听了卓泽渊讲授的《推进依法行政和弘扬社会主义法治精神》讲座。有几点我基本赞同的：

谈到贪官不是不懂法，而是"唯利所用，心存侥幸，是没有法的信仰（内在的内心确信，外在的行动遵循）"。

说"行政执法"是错误的表述，行政就是执法，执法就是行政。讲的不无道理。

我认为他这种讲法略有片面性，从依法行政角度讲，"行政就是执法，执法就是行政"。但从政府职能角度讲，社会生活变化万千，行政要及时做出适应情势的事宜，不然和法院就没有区别，因为行政要对社会生活事务兜底。

"只要秉法而行，就无所畏惧"。

我认为一个人秉法而行，心中仍有畏惧的社会，却不能说是法治社会。

079　儿子大学毕业去上班了。我发给他一条短信：今天是你上班的第一天，也是真正走出校门踏向社会的第一天。要以弘毅、豁达、观察、思考去面对，要以坚定、豪迈、创新、乐观走向前方。太阳每天都会升起，每天以愉快的心情对待生活和工作。

080　心细有好处，粗也有好处。细，处理问题、协调关系能滴水不漏；粗，对待问题能豁达大度，协调关系能过去就过去。细，有时会陷于斤斤计较，患得患失，打不开局面；粗，并非粗枝大叶而是大刀阔斧，工作能开创新局面，有时会得罪人。然而，世上没有纯细心之人，也没有纯粗心之人，只是大面在哪一边罢了，由此铸造了一个人的性格。

081 讨论"税负到底重不重"？重也罢，轻也罢，实事求是。真实数据加上人民的感觉，就是应该说的话。还想说的是，在穷得只剩下钱时，钱能帮你做什么？无论国富还是民富，关键是钱如何用到民生上，让人民感到活着幸福！人人都在抱怨，大家都在焦虑，谁也不会感到幸福。这时候社会就要考虑了，路是不是可能走得有些偏了，要考虑修正一下了。

76. 2012 年感悟（082～090）

082　有民谣为证："能喝八两喝一斤，这样的同志可放心；能喝一斤喝八两，这样的同志要培养；能喝白酒喝啤酒，这样的同志要调走；能喝啤酒喝饮料，这样的同志不能要。""公家出钱我出胃，吃喝为了本单位。""穷也罢富也罢，喝罢！兴也罢，衰也罢，醉罢！""领导干部不喝酒，一个朋友也没有；中层干部不喝酒，一点信息也没有；基层干部不喝酒，一点希望也没有；纪检干部不喝酒，一点线索也没有。"从"酒里乾坤大，壶中日月长"到"人在江湖走，哪能不喝酒"。中国酒文化特别是腐败官场的"酒文化"已经堕落到什么地步，是该清醒地思考的时候了。酒可怡情，亦可丧志，还可亡国。这是历史告诉我们的。这是人民日报发表的一篇文章，我有同感！

083　美国军官写的《左宗棠传》翻译出版，《钱江晚报》发表了3个版面纪念左宗棠诞辰200周年。做人要学曾国藩，做事要学左宗棠。中国有所谓的"做人"一说，我认为人应当本色，做就虚假了。其实，能把事做好了，这人就是能人，做事就是人的最好表现。左宗棠在23岁完婚时，自拟对联贴在新房："身无半亩、心忧天下；读破万卷、神交古人。"看得出其志向。"择高处立、就平处坐、向宽处行。"看得出其处事的智慧。

084　做事的态度决定效率，做事的方法决定结果。想不想做，会不会做，能不能做，敢不敢做，用不用心做。想，但不会，就没办法了；想，也会，却是禁止不能做的，也做不了；可以做，还要敢于做。做了，就要用心、坚持、忍耐，讲究方法，坚持到底一般都会有结果的。

085　晨起走在上班的路上，太阳出来似乎又躲了，不热，沿江滨散步真是很好的体验。随便想想："守得住清贫，耐得住寂寞，经得住诱惑。"这是对法官的忠告，平时都这么讲。但清贫用来守是一种苦，寂寞用来耐是一种熬。如果能有正当的途径使自己富裕，不管是物质的，还是精神的，是人所应争取的。最不济精神总是可以修炼的，可达安贫乐道，需要苦苦地守吗？内心宁静，外表安详，寂寞本来就是有修养人的境界，何来耐？一个精神富有、内心强大的人，诱惑对他本是云淡风轻的，哪有经得住，经不住的？独来独往，无所妨碍。

086　我有三宝：德行、能力、智慧。我有三法器：心宁静、心喜悦、心安详。白天干事，风风火火，雷厉风行，动如脱兔；晚上，喜欢在书斋写作、看书，静如处子，心如止水，一夜好眠。

087　同儿子QQ聊天，我说早晨想到：一不拜佛，因为不企求什么；二不求神，因为不羡慕什么；三不怕鬼，因为不亏欠什么。

儿子说：前些天他住处边上死了人，后有鬼敲窗，他醒着就不敲。第二天，一双鞋就少了一只，找不着了。

我告诉他，世上没鬼，有也不会敲窗的。可能是你最近看《阅微草堂笔记》，附近又死了人，于是才有了这样的梦境吧。

088　青年人应读些孔孟之书和名人传记，大丈夫修身、齐家、治国、平天下，先做一番事业；中年后，可读些老庄和道、禅，修心，归静，融儒、释、道于一体，大彻大悟。

089　一个人要知道自己想做什么、可以做什么、能够做什么。然后，选定目标前行。人生有限，事业无限，能走多远就多远。关键是找到一个自己认为合适的位置，专心地做一些自己能够做的事，在过程中享受快乐，在成就时感到幸福，在成功的累积中发现自己存在的价值。人生就像旅游，要学会领略沿途的风景，并非每处必到。当然，不是所有的人都能那么悠闲，人生也是劳作，也是苦中作乐。

090 "世界末日说"不攻自破，地球没有爆炸，也没有洪水滔天，更没有三天三夜都黑夜。这也是一个平常心问题：如果地球真的爆炸了，一切同归于尽，你怕什么？对谁都公平！真有上天留人做种，也自有上天的安排，你忧心忡忡想报名，它却并没有说要公开录用，心急火燎干什么？之所以说12月21日是"世界末日"是源于在墨西哥的玛雅遗址托尔图格罗找到的一块刻有符号的石头。石头上刻有对于明日将发生某些大事的神秘暗示。20世纪60年代，一名备受尊敬的美国学者表示，对于玛雅文化而言，此事或暗示着"世界末日"。这一说法自此流传开来。

这两天，只是下了点雨，阴天而已，并没有觉得和平日有什么两样，而且我睡得很是安稳。

77. 2013年感悟（091~108）

091 "工作、不贪、学习"是我总结的生活"六字诀"。就是本职工作努力做好，尽其所能去做对人有好处的实事；不贪，除了廉洁自律外，还要不贪图名利地位，心境淡泊；要利用时间学习，在学习中找到快乐，修炼心性，有所探索，有所创造，有所成就。

092 看完《金刚经》似乎懂了，似乎未懂，所以决定再看一次，消化一下。其实也就一句"应无所住，而生其心"而已。"一切有为法，如梦幻泡影，如露亦如电，应作如是观。"

看《金刚经》可以提高人的境界，充实人的精神。佛学不是迷信，是一门学问；佛也不是非人，而是人达到了更高的智慧境界，是悟透人生的人，是自足、智慧、慈爱、奉献、对死有自己的理解并且能平和对待的人。

093 想到"摸着石头过河"，摸着的或胆大的到彼岸了。"让一部分人富起来，先富带动后富"，当年的愿望是好的，但先富的有的都到国外定居了。"白猫、黑猫，捉到老鼠就是好猫"，到如今黑、白，甚至捉老鼠都不重要了，有的猫就是养着……

094 清晨，我走在江滨人行道上，一阵风吹来，香樟树上的树叶纷纷落下，新叶长出，旧叶归根，和秋不同，这是新陈代谢。

于是想出了一句话："风不知和树说了些什么，叶就笑落一地。"每天观察，总有欣喜。

095 听大讲坛讲"平安浙江"。

我的理解："平安"通俗地讲，就是摆平、放稳，不存在危险。平，也有公平、正义的意思。安，也有安宁、和谐之义。因为没放平，所以随时存在危险。社会存在太多的不公平，如机会不公平、分配不公平、地位不公平，等等。这就带来不安，如何致安？就是放平、摆稳，随时关注，加以调整。确保人、事、物的平、稳，就安了。

096　晨读《坛经》悟：即心即佛。"前念不生即心，后念不灭即佛。"就是持当下之心，犹如坐车，车朝目的地前行，你就坐着，把目光投向后面或眺望远方，车动身不动。随时光流逝，心阅历无数，心随时移，也是动而未动。也就是过去的让它淡淡而去，好也罢，不好也罢，不去追忆；该来的来，好也罢，不好也罢，就像车必须经过的一景。用快乐的心享受着现在，因为喜欢也罢，不喜欢也罢，车在移动，一晃就过。

097　《易经》《道德经》，谁也不能说自己读懂了。其实，它的作用只是磨刀石，磨思维的镰刀，收割更多的人生智慧。

098　微风入窗带来丝丝凉意，夏真的远去了。我坐在书桌旁，不再抱怨和讨厌那酷热了，却有一种莫名的怀念，准确地说是感叹。在秋的喜悦里，展开双手，如绸的岁月就从手心轻柔地滑过，无声无色，只是绵绵的。

099　昨天开民主生活会，有人发言提出，做事先做人。我则认为，凡是讲究做人的人，大多是不太做事的人，或者是一事当前，先自己盘算好的人。通过包装，展示给人的是人所好的一面。听其言，不解其义；观其行，不知其所以；与其交，难以放心，使人身累、心也累。

遂有感而发：中国人讲"做事先做人"，其实，人用来做，就落虚伪了；如一任本性，就又放肆了。真心待人，用心做事，保持人之为人的本色，则是更应提倡的。

100　双休日都在家里，静，其实也是一种享受。你可以拒绝交际，但不可不与心往来；你能倾听心灵独白，与心对话，你就成为不孤独的人。在繁杂中找到宁静，在尘嚣中回归内心，你是有福的人！

淡定，在当下似乎是一些自以为有文化的人常挂在嘴边的名词，而且所谓淡定是事不关己超然挂起的意思。天有风雨雷电，人就有喜怒哀乐。儒、释、道教人，儒，当仁不让；释，普渡众生；道，道法自然。其实，天下兴亡，我有责。那么，这种所谓的淡定，其实就是没有社会责任感！

101　做你喜欢做的事，赚你应该赚的钱，过你自己想要的生活，该快乐时你就快快乐乐，该哭时你就畅快淋漓。生活没有那么多的规矩，只要不损害他人，其他都是你自由可做的。

102　高亨的《老子正诂》《老子注译》，结合任继愈的《老子注译》，每天早上对照着读几章，咀嚼完毕。再研读了一遍老子，仿佛又见他悠然地骑在青牛上。老子留下五千言，却令后人千百年来咀嚼不完。我知道他为什么骑青牛，牛是吃下食物要反刍的，一如对待他的遗言，需要反复领会。我知道他为什么骑青牛，人生路途的景色，难道留不住匆忙的脚步！我知道他为什么骑青牛，人生既定的路程，不在于快，而在于走得踏实！

103　"语言是存在的家园。"文言文正是中华民族的价值来源和精神家园，更是中华文明的书写载体和遗传密码。长期忽视文言文的教学，无疑会将中国传统文化和现代文化打为两截，并因此导致民众无法熟读和体会古代经典，进而遗失了其背后蕴藏的优秀价值观念和宝贵精神财富。中小学生多读些古文，每个国人都应该能读能写古文。现在，孩子们往往在英语上花了不少时间，几乎无用；而语文用得最多，却学得不好。

104　晚上终于下了比较大的雨，旱情可解。今天是七月半，什么时候传下来的，晚上不能出去，说有"七月半鬼"。于是想：

会有鬼吗？人死后会成鬼，而鬼会害人。如若这样，人间也许做缺德损人之事的人就能有所收敛，做善事的人就会增多。但问题在于，要作恶的人不信，信的人心地善良。

105　中国千年来以儒家治国、道家治身、佛家治心。讲究的是一种人伦秩序，一种内心的自我约束。而不是契约遵守、来自外在力的法律约束。因此，法治建设和内心自律，两者都不能轻视。法治德治兼顾，法治天下，德润人心。

106　从《诗经》《离骚》到陶渊明，到李白、杜甫，再到苏轼，灿烂文化如长江、黄河不息流淌，滋润国人心田。有文化的中国人成为有脊梁的人、有品味的人。什么时候，我们能再听到优美诗歌吟咏，能再次看到率真的人、以文化为家园的人；田野有牧歌唱起，城市听到隐士抚琴！

107　公正有时也会得罪人，因为有人想要向他倾斜。正因为得罪人，也就从被得罪人的口中，知道有更多的人在坚守正义。坚守的人多了，理解的一方也在增多，坚守的人就不孤独了，公正就如太阳破出乌云——普照大地了。

108　谈及中医，问题在于对一些处方的科学认证，现在对没有经过认证的就一概认为非科学。那些几百年甚至几千年都验之有效、愈人无数的，难道不就是最好的认证吗？国家能不能对一些民间处方进行确认，通过确认的处方可以用于行医治病。几个偏方就能医好，就不用到医院花昂贵的费用，救人无数，百姓有益，又能发扬光大中医啊！

78. 2014年感悟（109~132）

109　暖暖的冬阳，晒出了2014年的第一天。我愿看到蓝天下百草丰茂，溪水轻淌，鸟儿自由飞翔；年轻人，有他心爱的姑娘，有她钟情的情郎；年老者，儿孙在堂，老有所养，不同年龄有着不同的梦想。我知道时光不可能停留，但我要她像马儿一样，吃着鲜草，踏着优美的脚步，马背上的人用他清澈的目光，欣赏着美丽的风光。

110　心宁才有静的可能，静并不是不动，不然何以致远？所以还是动。动是动在眼前，还是长远，动在一点，还是无穷无边，这显然是不为眼前所限。他能想得很远——地球外、宇宙内，甚至可以超越这些空间。

111　我发现，时间是随着年龄的增大而加快步伐的。少年和青年时，她像娃娃刚学会走路，45岁以前你总觉得她慢。45岁以后，她就不等你了，你记着年刚过，不觉又要过年了。怎么老是要过年呢？于是对过年也失去了以前的兴趣。

112　读《王阳明全集》及《杨国荣讲王阳明》，知行合一，致良知，花时间研究一番，看心学对现代人有何哲学启示。一直想从儒、释、道里探索一些对现代人有用的东西，但至今未形成体系，沿此路寻觅，也许别有洞天。

113　和儿子QQ聊天：大学之前的学习，以掌握知识技能为主。之后的读书，当如登高的梯、渡河的船，到达目的地后，就不用扛着梯或背着船行走。这与《金刚经》里佛在最后说"我什么也没说"是一个道理。在于运用、知行合一了。

114　我研究的初步结论：《周易》是古人训练思维的一种工具，犹如算盘，只不过是思维的演算罢了。每次决疑，通过占卜方式进行演算——成卦，看卦的变化，对决疑的事物有所悟得，来生成自己的判断，从而决定自己的行动或者说处事方式。如是而已。

115　行走在江滨，有青山绿水，在春的气息里，雾给人如幻如梦的感觉。想起儿时的农村：牛在开着紫云英的田里拉犁，那人、那牛、那满田的花似云朵。现在很少见了。

柳絮满地，辛夷花开。我行江岸，乡愁何处？

116　明天是"三八节"，由此想到："婚姻像鞋子，合不合适，只有脚知道。"这看似是一句充满哲理的话，但其比喻是跛脚的。如果婚姻双方都把自己当作是脚，对方是鞋，那结果鞋就有被穿上、脱下、抛弃的多种可能。只有夫妻双方同时是脚，又是对方的鞋，您是左，我是右；我是左，您就右，才能不离也不弃！

117　公平等于正义吗？公平有数量上的公平，有比例上的公平。我常以喝酒作喻：都倒满杯，对酒席上的人来说是公平的，但对于酒量不同的人来说，能说公正吗？能喝的，一杯不过瘾；不能喝的，半杯可能就你记得我，我早已记不得你了。

118　听课，主要是发现自己没思考过的，或者纠正自己理解不正确的，上乘的听课是启发了自己，而不是记住他所讲的，这是我的听课法。

119　浙江大学的陈凌教授提出"立对制度"给"破人"敲了边鼓。他的用意是，家族企业要注重人才培养和制度建设。

我说："破人"研究的是"破"的方法、手段和技巧，以提高"破"的水平。但能从破产审判中，总结出企业的长生之道，悟出企业的生存之理，是我谓陈教授"敲边鼓"的含义。

对我在微信上的评论，中正大学的王志诚教授评："愈来愈有哲理了，佩服。"

120　我之所以敢讲真话，因为，我坚信我讲的是对的！我发自真心、出自真诚、充满善意，我爱人类。人类中的有的人并不爱听真话！于是，许多人怕得罪人，不想讲，许多人不敢讲。有敢讲的人，敢讲的人少，被人理解的就更少。但我更喜欢率性而活，在大多数人能容的范围，过坦荡的生活！

121　明天就是"五一"劳动节了，我在QQ中写下：

即使生活是垃圾，只要你肯劳动，也能时时捡到快乐！问题是你愿不愿意做个拾荒者。

122　宋人叶采的《暮春即事》："双双瓦雀行书案，点点杨花入砚池。闲坐小窗读周易，不知春去几多时。"小雀的影子掠过书桌，柳絮好奇探头到砚池。悠然读《周易》，人生几多悟，时光如云朵飘逝，偶然抬头也不思它去哪里。

读书到这境界，谓得读书真味。乐在其中，醉在其中，是真快乐和幸福！

123　前次路过时，满眼金黄油菜花。今天经过时，油菜籽荚已饱满成熟，被割倒在地。当油菜籽被榨干最后一滴油时，是油菜一生的终结。当明晃晃的菜籽油注入热锅炒菜时，又重生滋润着人们饭桌上的菜肴。油菜无时，正是有用的开始。那引得蜂蝶狂舞，只是青春壮丽瞬间。

124　气质是一首小诗，看似不经意涂就，其实是平时修炼养成。美丽是一朵小花，视之娇嫩欲滴，只是季节到来的结果。

前者可供一生品味，长久拥有；后者只是青春赞美，谁能手持不干玫瑰？

125　雨不停地下着，以其非凡的耐心。我坐在窗边的吊篮里，下望是一片绿海——街道两旁的梧桐枝繁叶茂、嫩翠欲滴；再看过去一带江水涨潮，失却了往日的平静和清澈。近看是绿和静，远观是黄和动，同样雨水下，接纳主体不同，其心境也不相同。静之树从雨中得到的是生机，动之河从雨中得到的是壮阔。

126 国学，对于当今来说，也只是支离破碎的东西了。谁能重拾这些有用的元素，集大成像孔子那样编一本新《论语》，这人有德了，是真正的中国传统文化的传承人。

127 看陈来著的《有无之境》和庭野日敬的《法华经新释》，生死事大，其他皆为小事，身重要，心更重要。如果一个人心健全而修炼的很有灵性，这人是幸福的。外加适度的锻炼，身体也自然健康。至于财、色、名、利，你若看成是风景，用欣赏的眼光，而不是要拥有的心态，带来的就会是愉悦。

法也如是，用之于正途，可以救人于水火；用之于邪路，可以陷人于危境。法律人心要公平正义。

128 王洲之（善泽）博士在微信上发我《改革开放后中国法律系统的演进：回顾、反思与挑战》。

读后回：法律是社会的稳定器，健康美丽社会必有其坚实的支撑点。这些点的基础上才构成稳定的面，法律才得以体面地维持这面，促进社会稳定。所以，点要准，支撑要有力，最后才是平衡器。当然，也只有在此前提下，法律才可以反过来保护支撑点，使其坚固不移位。

129 iPhone 6 上市，在美国苹果店，国人排队时发生打斗。"道丧千载，圣远言湮"，什么东西都有个道，排队的道是遵守秩序；首发的道是满足少数引诱众人期待。插队是无视规则想先得的行为，首发排队是有限资源通过程序来分配。

我由此想到：教养重在教育，素质关乎民族。市场是个无序流动的欲望，法治就是规范无序的规则。

130 每天早晨背点《诗经》，想着古人的生活情感，却有思接千载的感觉。《关雎》："窈窕淑女，君子好逑。"那青年男子的热恋追求；《葛覃》："黄鸟于飞 其鸣喈喈。"女子触景生情，洗洗衣服，要"归宁父母"，都是很质朴而又浓烈的真情流露。

131　上级领导主持法院形势分析会，我发言讲了："制度管用，制度用好。红军唱着'三大纪律、八项注意'，走过了两万五千里长征，打败了国民党。现在，那么多制度还不管用，要分析制度是否滥而不用；更在于敢于监督、不做老好人，苗头处理，提耳拉袖；一个单位要风清气正，就要做到履职尽责、良心安稳、一心正气、公平公正。"

132　院长准备调任，他说："感谢七年来你对我工作的支持。"他是懂我的人。我说："也感谢你对我的支持和放手。"他最后说："接受监督也很重要。"我说："廉洁底线自己包括下属都要守牢守好。"他说："这点我也放心。"我理解他的意思：要尊重新来的院长，要注意自己个性和作风强硬，因为每个院长的包容度不一样。我和他的合作是愉快的，他的放手，也给了我大胆工作、探索创新的机会。

79. 2015年感悟（133~140）

133　早上行走在江滨，细雨如雾湿润了眼镜，风迎面而来吹面不寒。路边柠檬色柳叶随风而下，散落在花岗岩石铺筑的路上，有一种令人愉快的美。一片柳叶如飞刀擦过额头，能感觉得到她的力度。周围是灰蒙蒙的，看不到多远。

上班的路上，你一个人，欣赏这叶的飞旋，观看地上的惹人怜惜之美；叶挨近你仿佛能听见她的悄悄语，偎依在你脚底似乎你懂得她的秘密。你能静静地思、静静地想。有这样美好的早晨，一天都快乐了！

134　马振犊、邢烨著的《戴笠传》，写的资料罗列式，但史实较可靠。因其为乡贤，所以能找到的都愿意一读。功过不评，戴笠的工作热情，能白手起家，开创出这样宏大格局，算是个历史人物。他的"我只怕我们的同志不进步，官僚腐化。如果这样，人家不打，自己也会倒的"。对现实也有警示的意义。干大事，干成事"我便一笑置之。因为功过毁誉，为有识者所共见，不用我人多所解说"。这是多么务实而洒脱的做事境界。

正如蒋介石日记中写的："雨农之干部，大部皆比其他各机关优秀也。""唯君之死，不可补偿"，褒扬文"知虑忠纯，谋勇兼备"，挽联"雄才冠群英，山河澄清仰汝迹；奇祸从天降，风云变幻痛予心"。

135　思想值几个钱的时候，钱就是值钱，一切都是为了钱。然而，人在物欲满足时，精神还是不能太空虚的，但谁人能与你讨论呢？

136　读书是和智者对话。对话多了，你能否也能成为智者？就看你的角色是对谈者还是翻译官，如果是翻译官，那只是听别人说。你是对谈者，就有你的思想在。

137　新院长来后，几次碰到我都说："你是法律专家，要抽个时间好好谈谈，请教学习。"我说，我会配合好院长的工作。迟钝如我，事后发觉自己不主动。副职多年了，对正职更要配合好。低调做人，高调做事。

138　"刮骨疗毒""壮士断腕"。走路时想到：谁是壮士？中的是什么毒？自己断腕，还是请大夫？会自废武功吗？的确，有些话，不思考，根本不知其含义，但通过观察、思考，却能领会到真正的含义。

139　年过了，明天就开始上班了。其实，所谓的年过了，正是农历年的开始。中国人是真正过了大年，才表示旧历年的结束、新年的开始。尽管所谓的新年公元记年2月都将过了，可是中国人骨子里不这么认为，民间要正月十五过后，才是新年真正的开始。文化就是这样地根深蒂固！中国年有气氛，天人合一，符合自然规律。

140　德国《地球》杂志：人类的许多感觉和知觉都是从腹部传出来，肚子是一个非常复杂的神经网络。它拥有大约1000亿个神经细胞，这是人体"第二大脑"，也被称为"腹部大脑"。所以，俗语"记在肚子里"是有道理的。

80. 2016年感悟（141～149）

141　数月来，利用早、晚闲碎的时间，读完了《李白诗集新注》，正端午节：读完李白诗，千古无语时。好好睡午觉，下午看杜甫。

142　儿子寄来《王阳明大传》，加上我原有的书，可以自得其乐地琢磨、喝一壶了的。这是茶的清醒，不是酒的糊涂。在这个喧嚷的社会里，能够照顾好自己心灵的人是不多的，更何况去探索如何照顾心灵的方法，使自己找到充实自己的方法。

143　上午，一个案件报来签发，被告是一名稍有名气的书法家。他为人借款担保100万元，借款担保合同上的签名为该书法家的特长签，似是而非。开庭时他否认这是他的本名，但承认是本人签的。最后辩解：这样签是表示反对。原告说你是书法家有自己独特的风格，古代画押也作为本人的意思表示，你自己签的，款也是发放的。法院判决支持原告的诉讼请求。

144　今天，看到微信上的一篇文章，是清华大学孙立平教授写的：当前最急迫的三个问题——国家的方向感、精英的安全感、老百姓的希望感。这是一篇有知识分子洞察力的好文章，我对此也有很深的忧虑！

关键是思想要解放，体制要改革，人民要自由，这样才有创新发展的动力。

145　"清淡饮食、注意睡眠、动静结合、亲近自然、安定内心"，这是养生的方法。我想到：不动如山，行事如水。一个人的人格、平时的行坐，要有如山耸立的威仪；做事情要有如水抱定目标前行的专注，不急不躁，平静柔和，以没有什么可以阻挡得了的信心和勇气，奔向远方。

146　看10集大型纪录片《先生》，回溯民国的先生。感慨系之：

　　　世事苍茫回头望，先生两字当金看。

　　　江水泱泱何浩荡，诲人重得高山仰。

只有等到斯文不扫地，学校能创新自由，尊重文化，尊重人才，不以权力为本位的时候，国家才更能得到世界的尊重，人民也才会幸福。

147　看了"木桶理论已死，长板理论才是你2016年必须掌握的"这一文章，觉得：所谓理论是涂在女人脸上的脂粉，是需要换妆的。至于是否耐看，看涂在哪张脸上，还有手巧，如此而已。

148　空时看王阳明，想研究一下王阳明心学。我觉得社会越发展，人们越需要寻求内心的安宁，寻找幸福感，不然，社会物质生活越丰富，人的内心会越空虚，越缺乏幸福感。

149　饭后，不经意地转头，欣喜到眼眸。蜡梅花开，繁星万点。往年的蜡梅花是在叶脱尽后未长出新叶的寒冬里开的。今年是怎样的坚持，还穿着夏天的薄衣旋舞在冬季中，黄叶飘飘。我还没有赞扬你，你却已经笑出声音。

这是星光璀璨的笑，这蜜蜡般容颜和玻璃心中发出的笑，高洁、无瑕，使人有静坐已久生出的那种无思无想、无欲无求、超凡脱俗之境界。

我遇见了高人了，冰雪中的仙子，终南山上千年一见的得道者！我无以赞美。正在研究阳明子，格物致知，修心做到了这般的净澈吧。

81. 2017年感悟（150～155）

150　早上起来，微信上的"破产法论坛讨论"群里讨论得正热烈。3月绍兴论坛刚开过，4月北京再论，北京中院的法官们要请喝正宗二锅头。我说喝两杯，聊得欢，我在微信里写上几句：

　　破事不破皆正事，破人不破真豪情。
　　春风三月花逐水，壶中笑等四月天。
　　绍捧黄酒铸锋剑，京中二锅招群英。
　　阳光灿烂真好天，乐去俗务放两边。

徐阳光评：根本就是太有才，发出三个大拇指的"表情"。

151　去年6月10日读完《李白全集》，开读《杜甫全集》三册，利用如厕时间今已读完，现在开读《诗经》。单位要求领导荐书，我推荐叔本华的《人生智慧》：

人生在世，工作是为了生存，生存下来，总得做些于己于人都有意义的事。生活除了对物质的需要，还有精神的追求。物欲满足无穷尽，精神追求也无穷尽。但"一个人的内心愈为充实，他对其他人的需要就愈少，其他人愈不能替他做什么"。内心充实物欲也会降低，恬淡中有愉悦。"心灵的生活不但能防止烦闷，还能抵御烦闷带来的诸多恶果，也使我们不结交坏伴侣，远离危险、厄运、损失、奢华和那些把快乐完全置之于外在世界的人必然遭遇到的不幸。""我在这里所强调的真理——人生的幸福主要来自内心。"他引用了一句话："快乐幸福就是有力地进行自己要做的工作，达到所期望的结果。"

他还让我们记住"珍惜每一天，把每一天都当作独特的生命看待"这句话。

这的确是一本智慧的书，能学到智慧，没有令人讨厌的说教，却说得富有哲理。因此，我认真阅读完这本书，发现这是一本适合法官读的书，特此推荐给法官同人。

152　谈及喝酒，我认为三五友朋，边聊边喝，尽兴而散，是为佳境。千秋大业三杯酒，万丈红尘一壶茶。壶中乾坤大，杯中日月长。酒，其实是一种文化。

153　《诗经》通读完毕，这的确是世界上最美的一本书。三千年前先人的生活、情感如在目前、如在身边，那样地亲切，很多可以体验。但许多终究不能完全读懂。这不懂是需要时间研究的，也是不能，今非昔比，因为回归不到三千年前。以前断断续续看过，今虽仔细通读，却仍属走马观花。四书五经毕竟是传统文化的一部分，只有反复吟咏，才能有所领悟。

154　今天上午，我参加第33个教师节表彰会。教育关乎国民素质，关乎民族未来。让孩子有好的成长环境，教育是首位的。"一日为师，终生为父。"那感情年少时我就体验过。尊重教师，需要师、生、生之父母及全社会互动和重塑。

教师也不仅仅是份职业。现在，上课少讲，家教再讲，晚上、星期天搞家教，课堂讲课无精力。这种现象，必须消除，非为师之道。应当回归到老师视学生如子女、一切在课堂毫无保留地教给学生、学生进步就是老师的心愿的原有状态。

155　继续看陈来的《有无之境》，觉得儒、释、道都是在追求一种境界。虽然追求的过程和方法各有不同，追求的目的各有不同，但最终的目的或者说终极目的是一样的，那就是心的自在充实满足，解决自己心灵安稳的问题。一个人能把心修炼到不为外物纠缠，洒脱无障碍，时时充实快乐或无喜无忧地自在，就成就了。

82. 2018年感悟（156～159）

156 业余时间读书、写作、站桩、打坐，上下班走路，成为一天必做的功课。人就是这样，在充实中满足，在满足中快乐。

王阳明《传习录》已读第二遍，发觉要慢慢看，琢磨思考才有味道，里面的精义要靠体悟的。他是问答式的，其实也是语录体，要厘清其体系，便于传授，得花大力气。

157 下午给"繁案组"开个会，讨论新的一年的工作。我给他们讲要做到五项修炼：一是目标。要做到繁案精审，"精"是精神、精华、精子，都是指有种活力，甚至能诞生生命的那样一种东西。所以，要出精品、典型案例、样本。二是路径。"31"为由法官、法官助理、书记员三人组成的一个团队。"31"团队有个如何配合管理、如何行动的问题。三是能力。素质、水平如何提高，确保能力可以胜任工作的问题。四是操守。是道德、品性、慈悲，这有取舍的标准、方向不偏的问题。五是坚韧。有意志力，能够咬定目标、久久为功，有坚持到终点的决心。如果能够按这五项修炼，就很难有做不成功的事。

158 《破产法实践指南》（第2版），一校校稿寄还法律出版社，二校校稿两个月后再寄来。校对是艰辛的，自题四句：

　　　　破书不破新修补，斟字酌句不觉苦。

　　　　万字黑蚁多遍数，赠君一把金钥匙。

159 人的需要以及对需要的满足，必须通过生产。由此，通过劳动而生产自己的生命,通过生育而生产他人的生命。众多的生产,产生了纷繁复杂的关系,也构成了复杂的矛盾。这时,客观上需要法治了,而且必须实质法治,使人的行为可预期,权利有保障,义务自觉履行。

　　法治能长久,人能较自由地在规则里活动;人治不能长久,且较难保障人的自由和人的尊严。

83. 2019 年感悟（160～161）

160 看《商事破产——全球视野下的比较分析》，不同国家在这方面有不同的立法、观点、进路、衡平、取舍，这些对破产法实践参考指导，提高理论水平都有益处。一些理念虽然之前没看过，但实践中我却指导管理人这样做了，实践中许多做法与比较分析的破产立法政策还是不谋而合的。说明实践还是出真知的。立法脱离不了现实的实际需要，从理论到理论的理论是灰色的，从实践上升到理论的理论之树才是长青。

161 著名未来学家丹尼尔·平克说未来有六种技能：设计感、讲故事的能力、整合事物的能力、共情能力，还有就是你需要会玩，你需要找到意义感。我通俗地翻译一下，到 2040 年当我们和美国的人均 GDP 平等的时候，活得很好的人应该是这样的：有品位，会讲故事，能跨界，有人味儿，会玩儿，而且有点自己的小追求。

我觉得未来主人翁应该有这么三个技能：第一个是有感性的思考力，而不仅仅是理性思考力。第二个是职业生涯应变能力和创造力强于规划能力。第三个应该有让自己幸福的能力，让自己在成功、不成功的时候都能感到幸福。

我觉得：从强到美是未来培养孩子的方向，我们要培养很多美的人。因此，未来应培养孩子的整合能力，让孩子能和自己的心灵进行对话，使自己能够安宁快乐。

84. 2020 年感悟（162～175）

162 在病毒肆虐不出门、不值班的日子里，就自己充电吧。看杂书，也看刘俊海的《公司法》。不过，刘俊海这家伙把书写得也太厚了，居然有1000多页，但我把它看完了。哪本《公司法》专著不是厚如砖头呢？本地已连续六天没有新增感染病例了，确诊的人中治愈出院的已三分之一了。坚持！坚持！期待春暖花开早点到来。

163 写《企业重整价值最大化路径探讨——以浙江富德漆业有限公司破产清算转重整的视角》这篇论文到无趣处时，站在阳台上，面向天空，心中有朵雨做的云，泪水从眼里滴下。哀民生之多艰，新冠病毒的后面，跟着数亿万只蝗虫，在邻国的土地上飞。敬畏自然吧，人显然不是大地上的一切，珍惜生命吧，万物皆有灵性！

164 人生无非四个字：生存、生活。为了生存可以抗争，为了生活必须努力。生存是前提。生活是生存的提升，是比生存更高级的形式。

生活面前，有五类人：自己生活得好，也帮助别人过好生活；只为他人过得好，自己无所谓；只要自己生活得好，不管他人；只管自己生活好，不惜损害他人；自己生活得一塌糊涂，更没能力帮助他人。

165 下午，陪小孙女在小区的水池里捞鱼，原来水池里有很小的鱼，现在似乎没有，只有小红鱼躲人远远的，自然也是不能捞的。睡莲到了下午就睡去似的。一群小娃娃在捉蝴蝶，于是，拍了几张照片，发了微信：

一段闲暇时光，在慢慢老去中，看着渐渐地成长。小红鱼不动如打坐，喷泉声与娃娃喧闹声中，飞蝴蝶动中静美。睡莲花睡而未醒，有莫名花开，尚未结穗，何必弄清谁名？万法归一，一统于心。

166　今天，十三届全国人大三次会议正式通过了1260个条文的《中华人民共和国民法典》。2021年1月1日起施行，总算有了第一部法典。在退休之前，能系统学习《民法典》，是法律人的幸事。

167　浙江省高级人民法院给我颁发了"第四届全省审判业务专家"铭牌。我内心还是愉悦的，我拍下发在朋友圈并写上："以此鼓励，脚踏实地。谷神不死，水利万物。"获得很多点赞。

我写的意思是：要踏实、坚持、谦虚、服务。人要有谷神促万物生长的能力，如水向前的精神，认准目标一如既往地去做，功自然有，名誉也会来。一切不刻意追求，来了也不拒绝。

168　下班的路上，是一段闲暇时光。我喜欢从江滨走，思想可与白云交谈：

地球上人口数量与我读中学时相比增长了一倍，树木也粗大而多。那么地球可增加重量？思量是不增不减。哪里增多了，必有哪里减少，才是守恒的。

但人来自于土地，也将归之于土地。而能量应来自光合作用，那么，能量最终归之于虚空，还是作为信息传下去？

169　朋友的儿子在美国读书因疫情回国，约了几家人吃饭。我问读书人对李书福的"造汽车有什么难？四个轮子加沙发"怎么理解？他答：说的部分正确。

我说：一个人读书上，能把书读得最后概括为几句话，说明读懂了。一个人把事物（事件）几句话讲清楚，说明掌握了事物的精髓。小汽车确如李书福所讲的那么一种东西。不断改进的，无非如何使四轮转动得更快，沙发坐得更安全舒适而已。所以，李书福能造车。

170　总结自己的生活态度、作息得一小诗：

　　见财无贪意，见色不动心。心如江面平，淡淡愉悦情。

　　无事常读书，活动健身体。饮食不讲究，贴枕好睡眠。

　　睡前先站桩，醒来小打坐。工作忙里过，闲暇爱好多。

171　听王利明教授讲《民法典》，一个懂的人能讲得如此云淡风轻。祈祷《民法典》如青天庇佑人民安居乐业，人民合法财产不受侵犯，人们自由幸福，生活自在安宁，人与人和睦相处，互不侵害……这就是《民法典》要达到的目的吧。

172　中华书局出版的杨伯峻《孟子译注》，认真地看过一遍。以前是粗粗地看。这次看，感觉有了不同的体会，"学问之道无他，求其放心而已矣"。"夫道若大路然，岂难知哉？人病不求耳。""必有事焉，而勿正，心勿忘，勿助长也。"主要是看了《王阳明全集》，知是源于孟子的主张，接续孟子，因此，再看。有想法，能否用现代法治思维对其批判式地整理，提取有益于滋养现代人的思想，为现在人能够接受，传承其符合现代化的思想，使其历久弥新。《论语》如此，老庄亦是，王阳明心学更符合日常生活行为的修行。但这个工程浩大，需要时间，现在只是发心而已。

173　一个人如果头向东，要脚尖朝西走，那是不可能的。无论如何告诉人，我是走向西边方向，别人总是不信的。

　　所谓"听其言，观其行"，孔子说得在理。看完《孟子》，再看杨伯峻注的《论语》，《论语》看过十多遍是有的。

174　读完《王阳明与禅学》，觉得写得好，像学者论文，具体有证，文字又好。对进一步解读阳明心学，很有启发。作为一个禅学大师写此书的目的是想把王拉入禅，其实，王是由禅入儒，离禅信儒的。

175　唐僧复礼法师《真妄偈》有："无初即无末，有终应有始。无始而无终，长怀懵兹理。"

悟：生，你不知开始；死，你不知结束。从这个意义上来说，"无始而无终"。因此，只管活，不思任何理由。而从实证角度，死是必然的存在，"有终应有始"，那么，生总有个开始，而且这个开始是确定的。一旦回归内心状态，我并不知"我始与我终"，则生何计较，死有何惧。念念如一，也就"无初即无末"也就是"无始而无终"境界了。

后　记

　　退休前我就有这个打算，写一本工作自传，不是流水账，不能个人化，而是经验的传承、心路的历程，于读者有益，对社会有意义。书要写得简洁，既是一口甘泉，要手捧就能解渴，眼见而悦。要求高了，做起来就难。

　　书稿在退休前就已写好。但总觉得要放一放，再思考思考、研磨研磨。于是退休半年多后再修改，事都是自己亲历的，记不准的有的查了档案，当时的日记、工作笔记。但因为审判工作的机密性和敏感性，有的不能写，有的虽可写但必得含糊些。所以，只写事不写具体人，虽有指称，也只是为了表达事理而已，读者不能一一对照也。

　　写本好书是很难的事。所以不能自称为好书，但用心过滤筛选出工作期间、生命历程中的精华部分，用最简洁畅达的文字表达。这是我对读者的尊重，不致太啰唆而浪费别人的时间，我承诺是做到的。用薄薄的一本书，把大半生的人生经验告诉读者，我披沙沥金地这样做，可让读者不太费神而有兴致地阅读品味，或许细细咀嚼会有所获益，这是我所期待的。

　　书难写，但起书名更难。选了几个，一起探讨时，儿子说："书名要使人听了就想看，副标题要能概括全书的内容。"诚有理也。但说比做容易，知行合一是要历经修炼的。

　　名，可名，非常名。就定书名为《草间独角兽》，副标题为《泥泞芬芳的足迹》。来表达一个基层法官成长的经历，有播撒法律种子的艰辛，有收获公平正义的欣喜。因为独角兽是廉明正直、执法公正的象征；又因为是在基层的独角兽而用了"草间",一路前行的脚上有着泥土芬芳,自信跟随其足迹,能带读者领略乡间法治的风景,见证其成长历程;书中讲述了我独特的领悟和经验,伴读者徜徉在法律人的哲思花海。

扉页的两张照片,要说明的是最早搭配的领带,是我喜欢的一款:简洁、活泼,用作平时着装多了沟通的效果;法官袍是最先发的,我爱它:精致、肃穆,穿着有其典雅庄重的效果。后来都换过了,留下一段历史的记忆。

要感谢组织给我的平台,感谢家人、领导、同事的关心和支持,以及从事审判、执行、特别是破产审判以来,数以万计的当事人,是你们的万千诉求,给了我散播正义的途径。让我们看到了正义的花已开,春天已来临。更要感谢出版社编辑为本书的出版付出的辛勤。

人间四月天,期待后来人。

徐根才
2023 年 4 月于杭州